I0709463

خطابه‌های راه‌راه

داستانی ناتمام

خطابه‌های راه‌راه

داستانی ناتمام

محمد محمدعلی

نشر رها

ونکوور، کانادا

نشر رها، بخش انتشارات کتاب رسانهٔ همیاری – ونکوور، کانادا

چاپ اول: ۲۰۲۳ میلادی – ۱۴۰۲ خورشیدی

چاپ دوم: ۲۰۲۳ میلادی – ۱۴۰۲ خورشیدی

شامل دیدگاه‌های چند نویسنده و منتقد و نسخهٔ به‌روزشدهٔ بیوگرافی نویسنده

خطابه‌های راه‌راه: داستانی ناتمام

نویسنده: محمد محمدعلی

ویراستار: سیما غفارزاده

عکس روی جلد: سیما غفارزاده

صفحه‌آرایی و چاپ: نشر رها

شابک نسخهٔ چاپی:‏   978-1-7777355-4-8

شابک نسخهٔ الکترونیک: 978-1-7777355-5-5

———— ❧ ❧ ————

Rahaa Publishing is the book publishing division of Hamyaari Media Inc.
PO Box 31055, St Johns Street, Port Moody, BC V3H 4T4, Canada
+1-604-671-9505
info@rahaa.pub
www.rahaa.pub
First published 2023

Khatābeh'hā-ye Rāhrāh: Dāstānī Nātamām

(The Striped Lectures: An Unfinished Story)

Mohammad Mohammadali

Editor: Sima Ghaffarzadeh

Cover Photo: Sima Ghaffarzadeh

Manufactured in Canada

«خطابه‌های راه‌راه: داستانی ناتمام» از نگاه منتقدان و اهل قلم

رمـان «خطابه‌هـای راه‌راه» ادامـهٔ تجربـهٔ محمدعلـی در نوشـتن فراداسـتان یـا متافیکشـن اسـت. رمـان، داسـتانی اسـت دربـارهٔ داسـتان. نویسـنده خود یکـی از شـخصیت‌های ایـن رمان اسـت. شـاهد رفـت و برگشـت‌هایی بین جهان‌هـای داسـتانی هسـتیم که برخـی خـود را «واقعیت» جلـوه می‌دهند و برخـی دیگـر به‌اصطـلاح داسـتانی‌ترند. هرچند همان‌طـور که پیشـتر گفتم، هـر به‌اصطـلاح واقعیتـی سـرانجام داسـتان اسـت و در زبـان اتفـاق می‌افتـد. محمدعلـی می‌کوشـد فضایـی چندصدایـی ایجـاد کنـد و ماجـرا را کـه در فضـای روشـنفکریِ ایـرانِ قبـل از انقـلاب، البتـه روشـنفکر کافه نـادری، شـروع می‌شـود و در زمـان معاصـر در مواجهـهٔ سـه رفیـق قدیمـی در اروپا بازگفتـه می‌شـود، از زاویـهٔ دیـد شـخصیت‌های متفـاوت بگویـد.

. . .

رمـان، تجربـهٔ تکنیکـی بسـیار موفقی اسـت، گذشـته، تاریـخ بخش مشـخصی از روشـنفکری معاصر، عشـق، اخـلاق، جنسـیت و قضاوت گره‌گاه‌هـای کانونـی رمان‌انـد.

برگرفتـه از سـخنان دکتـر فـرزان سـجودی، زبان‌شـناس و نشانه‌شـناس، در مراسـم نکوداشـت اسـتاد محمد محمدعلی در ونکوور و رونمایی از آخرین کتابـش «خطابه‌هـای راه‌راه: داسـتانی ناتمـام» در تاریـخ ۱۸ ژوئـن ۲۰۲۳

این شخصی‌ترین اثر محمدعلی، در واپسین نوشته‌هایش، بازگشت به تجربهٔ زیسته و دنیای درون نویسنده بود. ماجرای زنی معمولی در میان مردان روشنفکر و هم‌زمان برخاستن از خاکستر آتشی که جامعه‌ای تا عمق جان مردسالار بر هویت و هستی‌اش انداخته. دو مرد اهل ادب و اندیشهٔ داستان اگرچه هر دو تلاش می‌کنند در تعامل نسبی با لیلی پا در جهان او بگذارند، ولی در نهایت مغلوب فرهنگی می‌شوند که نیاز به بازبینی اساسی در بنیان‌های فکری خود در مواجهه با مسئلهٔ جنسیت دارد. تردیدی نیست که این اثر هم مثل چند نوشتهٔ اخیر او، مطالعه در زیست و زمانهٔ زن ایرانی بوده. برای همین هم سراسر متن در گفت‌وگو با بوف کور هدایت و دوگانهٔ لکاته–اثیری‌اش و ماجرای مسیح و دو مریمِ زندگی‌اش مدام در رفت و آمد است. محمدعلی اما از دنیای تیره و بی روزنِ داستان‌های این‌چنینی عبور می‌کند و سمت روشنی و زندگی می‌ایستد.

امیرحسین یزدان‌بد، نویسنده

✳ ✳ ✳ ✳ ✳

در کتاب «خطابه‌های راهراه: داستانی ناتمام» که کمتر از سه ماه پیش از درگذشت ناگهانی او و در کانادا منتشر و باحضور او رونمایی شد، ما با سبکی ابتکاری از داستان‌پردازی روبه‌رو می‌شویم، گویی او که در کنار داستان‌نویسی بیش از دو دهه در ایران و پس از مهاجرت در کانادا آموزگاری عاشق برای نسلی از داستان‌نویسان بود، در این خطابه‌ها در کنار خلق یک اثر ادبی ارزشمند چکیده‌ای از افکار و احساسات انسانی خود را در میان سطرها و صفحات داستان به ما و آیندگان ارزانی می‌دارد. با خواندن این کتاب و با آگاهی و شریک‌شدن در تجربهٔ زیستهٔ راویان صمیمی داستان که بخشی از سرنوشت مشترک انسان‌ها را حکایت می‌کنند، به کشفی دیگر بار از خود به‌عنوان حلقه‌ای از زنجیرهٔ بشریت دست می‌یابیم. اینجاست

کـه چنیـن داسـتان‌هایی را به‌مثابـه درمانـی بـرای رنج مشـترک بشـر در تحمل بار هسـتی می‌دانـم. در خطابه‌هـای راه‌راه، دگربـار با انسـان و سرنوشـت او و در نگاهی تـازه روبـه‌رو می‌شـویم. داسـتانی غمنـاک و امیدبخـش همچـون خـود زندگـی.

. . .

او بیهـوده عبـارت «داسـتانی ناتمـام» را به عنـوان کتاب آخرش اضافه نکرده اسـت. گویـی بـه مـن و مـا یـادآور می‌شـود کـه نه‌تنهـا زندگـی او بلکـه اساسـاً زندگـی، داسـتانی ناتمـام اسـت کـه بـا دیگـران ادامـه می‌یابد.

به‌احتـرام قلـم انسـانی محمد محمدعلـی و به‌یاد شـخصیت والا، صمیمی و دوست‌داشـتنی او کلاه از سـر برمی‌داریـم و راه را از خطابه‌هـای او پی می‌گیریم.

بـرگرفتـه از مقالـهٔ دکتـر سـعید ممتـازی، نویسـنده، مترجـم و روان‌شناس، بـا عنـوان هفـت درس عشـق از زبـان محمـد محمدعلـی؛ در کتـاب «خطابه‌های راه‌راه: داسـتانی ناتمـام»، آخریـن کتـاب منتشرشـدهٔ او و کـه در یادنامـهٔ «اسـتاد محمـد محمدعلـی» از سـوی دوهفته‌نامـهٔ رسـانهٔ همیـاری در تاریـخ ۲۹ سـپتامبر ۲۰۲۳ در ونکـوور منتشر شـد.

* * * * *

«خطابه‌هـای راه‌راه» مجموعـه‌ای اسـت از خرده‌روایت‌هـای زمان‌بندی‌شـده کـه در یـک کلان‌سـاختار، واگویه‌هـای ذهنـی نویسـنده را عریان می‌سـازد. این عریانـی ذهـن، تابع یـک گفتمان روایـی متکثر و گونه‌گـون اسـت کـه خواننده نیز در آن سـهیم اسـت. مشـارکت مخاطـب در متنِ رویدادهایی کـه نویسـنده بازگو می‌کنـد، اگـر موجـب برانگیختـن حس همذات‌پنـداری هم نشـود، قطعـاً او را بـا خـود همـراه می‌کنـد. این داسـتان ناتمـام از ابتـدا با تعلیق شـروع می‌شـود، تعلیقـی کـه متکـی بر عناصر زبانـی و شـیوهٔ روایتـی اسـت که نویسـنده برگزیده، نـه حـوادث و رویدادهایـی کـه خاص قصه‌هـای کلاسـیک اسـت.

. . .

خواننده خود می‌تواند رد آن خطابهٔ ناتمام را بگیرد و با نویسنده قدم بزند و به داستان او گوش فرا دهد. آنجا که سخن به پایان می‌رسد، آغاز دیگری است...

برگرفته از مقالهٔ «خطابه‌های راه‌راه»؛ از واگویه‌های ذهن نویسنده تا تجسم جهان پیرامونی، نوشتهٔ دکتر نگین ساسانفر، منتشرشده در دوهفته‌نامهٔ رسانهٔ همیاری در ونکوور در تاریخ ۴ اوت ۲۰۲۳

* * * * *

محمدعلی امروز به‌بیان خودش در عنوان فرعی آخرین رمانش، داستانی ناتمام است. داستان تمام‌شده خودِ مرگ است. چه چیز شیرین‌تر از داستانی ناتمام که مرگ را شکست می‌دهد و ما را پیوسته به خواندن ادامهٔ داستان فرامی‌خواند.

برگرفته از سخنان دکتر فرزان سجودی، زبان‌شناس و نشانه‌شناس، در کتابخانهٔ وست ونکوور پس از پایان مراسم خاک‌سپاری استاد محمدعلی در تاریخ ۲۵ سپتامبر ۲۰۲۳

* * * * *

دربارهٔ نویسنده

محمد محمدعلی، نویسنده و پژوهشگر ادبی، هفتم اردیبهشت ۱۳۲۷، در خیابان مولوی تهران به دنیا آمد. در غرب تهران، خیابان سلسبیل و هاشمی به دبستان رفت. اولین مشوق و مصحح دل‌نوشته‌های او، ترانه‌سرای رادیو ایران، محمود ثنایی با تخلص شهرآشوب، بود. در دورهٔ چهارسالهٔ دبیرستان مروی، نخست والیبالیست و سپس بازیگر نمایشنامه‌هایی شد که دکتر ایرج امامی کارگردانی می‌کرد. در همین دوره، به عضویت هیئت تحریریهٔ سالنامهٔ مروی درآمد و همچنین با نادر نادرپور، شاعر و نخستین سخنگوی کانون نویسندگان ایران، آشنا شد.

در سال تحصیلی ۱۳۴۶-۱۳۴۷، در مسابقات روزنامه‌نگاری مدارس با احراز مقام نخست، از وزیر آموزش‌وپرورش وقت، فرخ‌رو پارسا، لوح تقدیر گرفت. محمدعلی دورهٔ نظام وظیفه را در سپاه ترویج و آبادانی و در روستاهای کُردنشین مرزی سردشت سپری کرد. سپس از دانشکدهٔ علوم سیاسی و اجتماعی لیسانس گرفت.

در سال ۱۳۵۴، هم‌زمان با انتشار مجموعه‌داستان «درهٔ هندآباد گرگ داره» با نسرین کیهانی ازدواج کرد و به استخدام سازمان بازنشستگی

کشـوری درآمد. سال ۱۳۵۷ پس از انتشـار مجموعه‌داسـتان «از مـا بهتران»، بـه عضویـت کانـون نویسـندگان ایـران پذیرفته شـد و یک سـال بعد، در سـال ۱۳۵۸، عهـده‌دار مسـئولیت امـور مالـی کانـون نویسـندگان شـد. پـس از بازگشـت از سـفر شـوروی در سـال ۱۳۵۹، فصلنامهٔ بـرج را منتشـر کـرد. در سـال ۱۳۶۶، هم‌زمان با انتشـار مجموعه‌داسـتان «بازنشسـتگی و داسـتان‌های دیگـر»، مجموعه‌مقالاتـی در ادبیـات و هنـر به‌نـام «مـس» را بـه دسـت چاپ سـپرد. محمـد محمدعلـی در سـال ۱۳۶۹ از سـازمان بازنشسـتگی کشـوری بـه معاونـت پژوهشـی وزارت فرهنـگ و آمـوزش عالـی منتقـل شـد. در سـال ۱۳۷۰، دو رمـان «رعدوبرق بی‌بـاران» و «نقـش پنهـان» از او منتشـر شـد. در سـال ۱۳۷۲، مجموعه‌گفت‌وگوهـای او بـا شـاملو، دولت‌آبـادی و اخـوان ثالـث انتشـار یافـت. در سـال ۱۳۷۳، همـراه گلشیری و محمد مختـاری و... جـزو هشـت نویسـنده و انتشـاردهندهٔ متـن «بیانیهٔ ۱۳۴ نویسـنده» کـه به متن «مـا نویسـنده‌ایم» نیـز مشـهور اسـت، بـه سانسـور کتـاب اعتـراض کـرد و مجموعه‌داسـتان «چشـم دوم» او و در همـان سـال بـه بـازار آمـد.

در سـال ۱۳۷۵، محمدعلی جزو سرنشـینان اتوبوسـی بود که نویسـندگان و شـاعران ایرانـی را به ارمنسـتان می‌بـرد. اتوبوسـی کـه قرار بود سرنشـینانش را به‌جای رسـاندن به ارمنسـتان، به قعر دره بفرسـتد که خوشبختانه با هوشـیاری نویسـندگان از مأموریـت خود بازمانـد.

محمدعلـی از سـال ۱۳۷۶ به‌همـراه علـی باباچاهـی، سـردبیری سـه ویژه‌نامهٔ شـعر و داسـتان مجلهٔ آدینـه را بـه عهـده گرفـت و در همـان سـال رمـان «باورهـای خیـس یـک مـرده» از او منتشـر شـد. در اسـفند ۱۳۷۷، به‌همـراه سـیمین دانشـور و محمـود دولت‌آبـادی و... لوح تقدیر بیسـت سـال داسـتان‌نویسـی ایـران را بابـت مجموعه‌داسـتان «بازنشسـتگی و داسـتان‌های دیگـر» از آن خـود کـرد.

در سال ۱۳۷۸، سفرنامهٔ شوروی به‌نام «پنج سال قبل از ۱۹۸۵» و مجموعه‌داستان «دریغ از روبه‌رو» از او منتشر شد. پس از آن در سال ۱۳۷۹ رمان «برهنه در باد» را منتشر کرد و جایزهٔ نخست یلدا را به خود اختصاص داد. در سال ۱۳۸۰، پس از ترجمهٔ دو داستان «عکاسی» و «مرغدانی» او به‌زبان آلمانی، به اولین فستیوال بین‌المللی ادبیات برلین دعوت شد و در تئاتر برشت به‌همراه جمعی از آلمانی‌های دوستدار ادبیات فارسی، شاهد روخوانی نمایشی داستان عکاسی خود شد. در همان سال، عضو هیئت تحریریهٔ «مجلهٔ کارنامه» شد و مسئولیت بخش داستان آن مجله را به عهده گرفت. محمدعلی در سال ۱۳۸۱ از وزارت فرهنگ و آموزش عالی (وزارت علوم) بازنشسته و بلافاصله در مؤسسهٔ فرهنگی-هنری «کارنامه» به تدریس داستان‌نویسی مشغول شد. در همان سال، رمان اسطوره‌ای-پژوهشی «آدم و حوا» از او منتشر شد. محمدعلی سال ۱۳۸۳ را با انتشار رمان «قصهٔ تهمینه» و رمان پژوهشی «جمشید و جَمَک»، شروع و با انتشار مجموعهٔ نقد و نظری به‌نام «واقعیت و رؤیا» همراه علیرضا پیروزان، به پایان رساند. سال ۱۳۸۴ را با چاپ خلاصه‌ای از شرح سفر بدفرجام ۲۱ نویسنده و شاعر به ارمنستان در مجلهٔ شهروند کانادا آغاز کرد و با انتشار مجموعهٔ نقد و نظری به‌نام «از قعر دره تا روز اول عشق»، همراه فرامرز پورنوروز به پایان رساند.

محمدعلی در مهرماه ۱۳۸۵ برای شرکت در سمینار ادبیات چندصدایی (پولی‌فونی) به‌همراه دکتر رضا براهنی و دیگران به ترکیه دعوت شد و در رونمایی ترجمهٔ رمان «نقش پنهان» به ترکی استانبولی شرکت کرد، و یک‌سال بعد یعنی در سال ۱۳۸۶، رمان اسطوره‌ای-پژوهشی او با عنوان «مشی و مشیانه» منتشر شد.

محمدعلی دو روز پیش از انتخابات ریاست جمهوری ۱۳۸۸ به‌همراه

همسـرش بـه کانـادا رفـت تـا کنـار فرزندانـش باشـد. او در شـهر ونکـوور کارگاه‌های هفتگی داستان‌نویسـی دایر کرد و مشـغول تدریس داستان‌نویسـی شـد؛ کلاس‌هایـی کـه تا کمـی پیـش از درگذشـتش در شـهر ونکـوور و حتی در دوران همه‌گیـری کوویـد-۱۹ بی‌وقفـه برقـرار بود و نویسـندگان بنـام ایرانی از سراسـر دنیا به‌صـورت حضـوری یـا غیرحضـوری مهمـان کلاس‌هایـش می‌شـدند. حاصـل ایـن کلاس‌هـا انتشـار چندیـن کتـاب به‌قلـم دانشـجویان «کارگاه داستان‌نویسـی ونکـوور» بـود.

در دوران مهاجـرت محمدعلی، کتـاب او بـا عنـوان «شـاملویی کـه من می‌شـناختم» در سـال ۱۳۹۲ و رمانـش بـا عنـوان «جهان زندگان» در سـال ۱۳۹۴ در ایـران به چاپ رسید. شـایان ذکر اسـت که رمان «جهـان زندگان» سـه سـال پیـش از چـاپ در ایـران، در ونکـوور بـه چاپ رسـیده بود.

کتـاب «واقعیـت و رؤیـا ۲» کـه مجموعـۀ گفت‌وگوهـای بهـاره دهکردی بـا محمـد محمدعلـی دربـارۀ سـفرهای فرهنگـی، سـه‌گانه‌های روز اول عشـق و مطبوعات و سینماسـت، در سـال ۱۴۰۰ از سـوی «نشـر آفتـاب» در نروژ به چاپ رسـید. چاپ دوم این کتـاب را «نشـر زن» در ونکـوور در سـال ۱۴۰۲ منتشـر کرد.

آخریـن کتـاب محمد محمدعلـی «خطابه‌هـای راه‌راه: داسـتانی ناتمـام» بـود کـه حدود سـه ماه پیـش از درگذشـتش در جریان مراسـم نکوداشـت او در شـهر ونکـوور، از سـوی «نشـر رها»، ناشـر این کتـاب، رونمایی شـد؛ مراسـمی کـه در آن از یـک عمـر فعالیت ادبی، پژوهشـی و فرهنگی محمد محمدعلی، قدردانـی شـد و نماینـدگان پارلمـان فـدرال کانـادا و اسـتان بریتیـش کلمبیـا، به‌پـاس خدماتـش بـه ادبیـات و فرهنـگ، تقدیرنامه‌هایـی بـه او تقدیـم کردند.

تمـام آثـار محمدعلـی بارهـا به چـاپ رسـیده اسـت و منتقـدان، آثار این نویسـنده را واقع‌گـرا بـا گرایـش بـه نوعـی سمبولیسـم، چندصدایـی و عدم قطعیـت در روایـت ارزیابـی کرده‌اند.

محمد محمدعلـی، روز ۱۴ سپتامبر ۲۰۲۳، برابر با ۲۳ شهریور ۱۴۰۲، به‌دلیـل مشـکلات ریـوی، در بیمارسـتان عمومـی ونکـوور درگذشـت و جامعـۀ ادبـی ایـران را سـوگوار کـرد. او تا آخریـن لحظه پیش از بستری‌شـدن در بیمارسـتان، بی‌وقفـه بـر روی دو اثـر جدیـدش کار می‌کـرد ولـی متأسفانه نتوانسـت شـاهد به‌چاپ‌رسـیدن آن‌هـا باشـد.

پیکـر او روز ۲۵ سپتامبر ۲۰۲۳، بـا حضور خانـواده‌اش و صدها تن از شـاگردان، دوسـتان و دوسـتدارانش در آرامـگاه کپیلانو ویو در بخش وسـت ونکـوور، اسـتان بریتیـش کلمبیای کانادا، به‌خاک سـپرده شـد.

یاد و نامش زنده و گرامی باد

فهرست

۱

خطابه‌های راه‌راه

گفتـم: «زندگـی عمـرِ ازسرگذشـته نیسـت، بلکـه چگونگـی بهیادآوردن خاطـرات آن است و در صـورت تمایـل سـاختن شـکل تـازهای از آن.» گفـت: «بـا تـو موافقـم. مـن هم بـه یـک بینظمـی هدفمند فکـر میکنم نـه یـک نظـم بیهـدف.»

قـرار بـود هفتـهٔ آینـده دربـارهٔ واگویه‌هـای درونـی صحبـت کنـد و برسـد بـه ویژگی‌هـای جریـان سـیال ذهن که یـاد این داسـتان قدیمـی صد صفحـه‌ای دسـت‌نویس خـودش افتاد. مـردد بـود کـه مصـداق خوبـی باشـد بـرای هنرجویـان، اما از کشـو بیرونـش کشـید تـا ضمـن مـرور، در صـورت نیـاز اصلاحـش کنـد. سـرانجام بگویـد چگونـه یـک داسـتان از خیـال بـه واقعیـت نزدیـک می‌شـود.

... وقتـی دور خـودت می‌چرخـی و فکـر می‌کنـی دنبـال چیـزی می‌گردی و یـادت نمی‌آیـد چه چیزی، بهتر اسـت کـه مکانـت را تغییر بدهـی و زمان را هـم رهـا کنی به‌حـال خـودش تا هـر کجا خواسـت بـرود. اگـر در خانه‌ای، بـروی بیـرون و رهـا شـوی وسـط شـلوغی شهر. یـا نـه در اوج شـلوغی، بی‌اعتنـا بـه جذابیـت حـوادث بیرونـی، نان و ماسـتی بخـری و برگـردی خانه. بعـد آن‌قـدر بنویسـی و بنویسـی تـا او یـا آن بـا پـای خـودش بیایـد سـراغت. راسـت می‌گوینـد قدمـا کـه اگـر اسـب زین‌کرده ببـری بـه کارزار، حتماً سـوارکار خوبـی برایـش پیـدا می‌کنی.

بایـد مثـل همیشـه بعـد از خاموش‌کـردن سـماور، بغلـی را پـر کنـم و همـراه دفتر یادداشـتم بگذارمـش تـوی جیـب کتـم. در خانـه را ببنـدم و از شـیب تنـد خیابـان فرعـی باریک سـاقی بـروم بالا و برسـم بـه خیابـان پهن اصلـی. بعـد جایـی پیـدا کنـم بـرای نشسـتن و نوشـتن و نوشـتن بلکـه یادم بیایـد دنبـال چـه می‌گـردم. معمولاً اگـر گمشـده‌ام همـان حوالی نباشـد در لایـه‌ای از دهلیزهـای ضمیـر خـودآگاه و ناخودآگاهـم خـودش را به خواب زده یـا خوابـش بـرده. شـاید هـم پـسِ پشـت کهکشـانی دور، یا سیاه‌چالی

در قلهٔ قاف زندانیِ بی‌اعتنایی شده از حجم اندوهی که زمانه به‌عمد یا به‌سهو هوار کرده روی دوش من و ما.

حالا در بالابلندیِ شیب خیابان ساقی ایستاده‌ام. بعد از کشیدن دو نخ سیگار و رهاشدن در شلوغیِ پیاده‌رو کماکان مانده‌ام روی دست خودم. دفتر یادداشت هم مانده روی دست من و من به‌قول آن شاعر درازوطن «کارگاه فکرم تعطیل است و با تمام مشاغل خود بیکارم در پنج عصر یکی از این جمعه‌ها.» می‌خواهم پس از احساس حضوری که می‌یابم، با توسل به کلمات و جمله‌های واضح و روشن، طوری حرف بزنم که حتی از فاصله‌های بعید منظور خود را به گوش اوی ناشناس برسانم و پاسخش را بشنوم. امیدوارم چیز ناخوشایند و پریشان به یاد نیاورم. قلبم گاه سرش را بی‌پروا می‌زند به جدارهٔ سینه‌ام. دکترها مسبب اصلی را فشارهای ناشی از حوادث روز می‌دانند.

با لبی خندان و پنهان‌شده زیر سبیلی نه‌چندان پهن و چشمانی که حتی در غیاب نور خورشید برق می‌زنند، می‌نشینم روی یکی از نیمکت‌های سیمانی کنار پیاده‌رو و شروع می‌کنم به نوشتن. باید دریابم دنبال چه می‌گردم یا در پیِ که هستم. این شیوه و عادت همیشگیِ من است که گم‌کرده یا خود گمشده‌ام را هنگام نوشتن پیدا کنم. غیرمعمول است، اما برای من جواب داده و به زحمتش می‌ارزد. به‌عبارت دیگر همین که می‌نویسم، احساس می‌کنم قادرم با ممارست، گمشده‌ام را پیدا کنم. حتی اگر نیرویی نخواهد با روشنایی و وضوح کامل آن گمشده را به یاد بیاورم.

می‌نویسم: «خطوط عابر پیاده راه‌راه‌اند و ظاهراً چون موازی‌اند، به جایی نمی‌رسند، ولی به یک جایی می‌رسند اگر من و مای نوعی روی آن بایستیم. نه روی خط عابر پیاده، در هر جا و هر زمان، اشیاء دیگر

اشیای سابق نیستند اگر حوالی‌شان باشیم و درباره‌شان حرف بزنیم. وظیفهٔ ما تأثیرپذیری و تأثیرگذاری است. حتی در این حد و حدود که یکی چند قوطی حلبی یا پلاستیکی را از گوشه‌وکنار پیاده‌رو برداریم و بیندازیم توی سطل آشغال تا با جابه‌جایی آن شیء، شکل پیاده‌رو را عوض کنیم. مثلاً ببریم طرف پاکیزگی و زیبایی و حفظ محیط زیست یا برعکس. بستگی دارد به آدمش که یلخی باشد یا منضبط. امیدوار باشد یا ناامید. من جزو منضبط‌ها و امیدوارهایش هستم.»

از دور که نگاه می‌کنم، خیابان چیزی نیست جز بناها، مغازه‌های پر و خالی از اجناس و مشتری‌های جوروواجور. ردیف درختان بلند و کوتاه. اتومبیل‌های بزرگ و کوچک رنگارنگ که روزانه میلیون‌ها لیتر بنزین مصرف می‌کنند تا صاحبانشان یا سرنشینانشان را برسانند به جایی. سر راه بوق‌های گوش‌خراش می‌زنند تا از هم سبقت بگیرند. خطر تصادف را به‌جان می‌خرند تا کمی جلو بروند. حالا در مقصد چه کسی یا کسانی منتظر من و آنان‌اند و چه کاری پیش می‌رود با صرف این همه هزینه، بماند. فضایی است مادی و ساخته‌شده از سنگ و خاک و آجر و چوب و آهن و سیمان و هزار چیز دیگر که بخشی از زندگی من و ما را می‌سازد.

این‌ها را هر روز می‌بینیم، اما چیزی که هر روز نمی‌بینیم، اینکه نشسته باشی مثلاً همین‌جایی که من نشسته‌ام یا روی آن کُندهٔ درخت وسط جوی بعد یک‌باره در سایه‌روشن تنگ غروبی دلگیر یا دل‌انگیز و از پسِ پشت درختان ساکت و مغموم یا شورانگیز، خودت را ببینی. خودت را با لباسی غیر از آنچه حالا پوشیده‌ای. مثلاً مال شش ماه یا یک سال پیش که از خانه بیرون آمده‌ای. گیج و گنگ خود را می‌رسانی به سایه‌سار درختی قدبرافراشته و با چشمان به دودوافتاده دنبال گمگشته‌ای می‌گردی

کـه سال هاسـت هیـچ سـرنخی، رد و نشـانی از او نـداری جـز اینکـه مطمئنی روزی بـا او مـراوده داشـته ای. قطعاً ارتبـاط عاطفـی ریشـه داری نداشـته ای تـا یـادت مانـده باشـد. از خـود می پرسـی بـا کـی و کجـا؟ نمی دانـی. بعـد امیدوارانـه، امـا مثـل نسـیمی گیـج یا خواب گـردی سراسـیمه از عـرض خیابان اصلـی بگـذری و سـرگردان بـه خیابـان فرعی باقـی بـروی و لحظه ای احسـاس کنی آن گمشـده یا گمگشـته بـا ایـن فضا و مکان پیونـدی دارد رازآمیز. چه رازی؟ و چگونـه؟ نمی دانـی. فقـط تصویـری از خـودِ مشوّشـت آمده جلو چشـمت و رفتـه، و بـر حیـرت تـو افـزوده. آیا التهاب هـای ناگهانـی حتی خوشـایند نوعی پریشـانی اسـت ناشـی از بالارفتـن فشـار خون و تپـش قلب؟

چیـزی در ظاهرشـدن خـودِ قبلـی ات، شـیوهٔ حرکـت در زمـان (ثانیه هـای کش آمـده در پنـج عصـر جمعـه ای در فصل پاییـز) و در مکان (وهمِ مسـلط در تیرگـی درختـان حاشـیهٔ خیابـان اصلـی و کمرکـش آن دو خیابان فرعی سـاقی و باقـی) وجـود دارد که مـن و ما برای دقایقـی به فکر وا می دارد. شـاید هم چون از ایـن نحـوهٔ آمـدن و رفتـن نسـیم وارِ هم زمـان، بـوی مـرگ و زندگی می شـنویم، اندکی می هراسـیم و چه بسـا از خود بپرسـیم مبادا، هر یک ادامهٔ دیگری باشـد؟ چـه قبول داشـته باشـیم، چه نـه، همین که ذهـن من و ما مشـتاقانه خودی نشـان می دهـد از شـگفتی و تعجـب، در همان لحظه درختان، موزائیک هـای پیاده رو و آسـفالت خیابـان و دیگـر اشیای پیرامونـی در توهـم و تفاهم من و ما شـریک می شـوند و بعیـد نیسـت رنـگ و جـلای دیگـری بگیرنـد. شـرکایی شـوند مثل خـودت دو به شـک کـه آیا آن کس که سراسـیمه یا بـا طمأنینه از فرعی سـاقی در آمـد و رفـت بـه فرعی باقی، خـودم بودم یا کسـی شـبیه خـودم؟ از این لحظه بـه بعـد وارد جهانـی می شـوی و بـا چیزهایی سـروکار پیـدا می کنی شـبیه همزاد، یـا روح یـا قدرت تخیل بـرای تولد زاویهٔ دیدی تـازه ـ کـه از واگویه های درونی شـروع می شـود و می رسـد بـه جریـان سـیال ذهن. سـپس تخیلاتی با شـدت و

ضعف‌هـای گوناگـون و مفاهیمـی جداگانـه می‌آیـد سـراغت. که چه‌بسا نتوانی آن را با قواعد دسـتور زبان فارسـی بنویسـی.

مـن بـا دیـدن تصویـر خودم در گذشتـه دچار آشـفتگی و هیجـان عجیب و غریبـی نمی‌شـوم. چـون آن‌که همراه نسـیم آمـد و رفت، خـودِ واقعی زمان حـال مـن نبود. دلیـل آن هم اینکه در همـان لحظهٔ گـذرا در لایه‌های غمگین نسـیم، سـوزی را بیـن دو انگشـت سـبابه و وسـطی دسـت چپـم احسـاس کـردم. فیلتـر نیم‌سـوختهٔ سـیگار را بی‌اختیـار انداختـم درون زیرسـیگاری وسـط میـز تحریـر یا سـطل آشـغال مهجورمانـده در گوشهٔ پیاده‌رو. زردی جامانـده بـر دو بند انگشـتانم از فـرط تکرار کم‌حواسـی، دیگـر پنهان‌کردنی نیسـت. نگاه کنیـد؛ هم فیلتر نیم‌سـوختهٔ سـیگار پیداسـت و هم زیرسـیگاری و سـطل آشـغال. از همـه مهم‌تـر انگشـتان زرد من.

مـن امـا قـدر ایـن حرکـت تصویـری (کسـی را شـبیه خـودم در خـم دو خیابـان فرعـی روبـه‌روی هـم دیدم یا ندیـدم، و آیـا روزی روزگاری به‌همین صـورت در حیـرت مانـده‌ام یـا نـه) را می‌دانـم. چـون ممکـن اسـت بـار دیگـر هـم به‌خاطـرم بیایـد و این‌بـار در شـرایط مسـاعد بـال و پـر بگیـرد و بـه داسـتانی کوتـاه یـا بلنـد ختم شـود. همـهٔ این‌هـا جـزو تجربه‌هـای عینی و ذهنـی اسـت و غالبـاً مـرا می‌بـرد طـرف زمزمه‌هـای آرام نقـش خیـال در تاروپـود واگویه‌هـای درونـی و بیرونـی و در نهایـت ثبت تجربه‌هـای هنری. هرچنـد قبـول دارم کـه اگـر سـر جلـو نگیـرم و زیاده‌روی کنـم، یک‌بـاره سـقوط می‌کنـم بـه انتهای بی‌معنایـی و رودررروی کثیـری از خواننـدگان ضدِتصاویر سـوررئالیسـتی قـرار می‌گیـرم کـه اگـر در آن نوشـته ارتباطـی بـا تجربیـات خـود نبیننـد، بـا اسـتناد بـه رابطهٔ علـت و معلولـی داسـتان‌های واقع‌گـرای کلاسـیک، آبـا و اجـدادم را جلـو چشـمم می‌آورنـد.

وقتـی بخشـی از نوشـتهٔ صدبرگـی را می‌خوانـم و یکـی دو نکتهٔ ویرایشـی

در آن می‌بینم، از خود می‌پرسم تو آن خطوط موازی سفید بین پیاده‌روی این‌سو و آن‌سوی دو خیابان فرعی را میله‌های قفس پرندگان دیدی یا نمادی از بن‌بست جامعه و احیاناً زندان‌های جسم و روح؟ در آن لحظه چون پاسخ مشخصی نمی‌یابم، برمی‌گردم سوی خیابانی که از آن بیرون آمدم. مسیر رفت و برگشت را دنبال می‌کنم تا بار دیگر برسم به خود و می‌پرسم مگر من از خانه بیرون نیامدم تا ضمن پاسخ به سؤالی آن گمشده‌ام را پیدا کنم و با درک تازه با او روبه‌رو شوم؟ اویی که تا حالا مشخص شده در دو خیابان باقی و ساقی رفت‌وآمد داشته اما چهره‌اش هنوز جلو چشمم نیامده (که خودش هزار و یک دلیل دارد، ازجمله ترس خودآگاه و ناخودآگاه و نخواستن و نتوانستن و نداشتن قدرت تخیل در آن لحظهٔ خاص).

می‌نویسم: «وقتی می‌توانیم یک‌باره مثل نسیم به گذشته برویم و روی سوزش دستمان با آتش سیگار خط بکشیم، پس قادریم مثلاً با دیدن سبیل از بناگوش دررفته و کلاه اسپانیایی رهگذری جریان بیابیم و در همان رفتن‌ها و آمدن‌ها بی‌هیچ وقت قبلی یک‌راست برویم به دربار ناصرالدین‌شاه قاجار و با او به‌سلامتی سروانتس اسپانیایی و میرزا محمدعلی‌خان نقیب‌الممالک ایرانی بنوشیم. دربارهٔ قهرمان‌ها و ضدِقهرمان‌های قصهٔ امیرارسلان رومی و رمان دن کیشوت صحبت کنیم. ناصرالدین‌شاه به‌دلیل بی‌اطلاعی از مضمون و محتوای طنزآمیز دن کیشوت از مقایسه بگریزد و ضمن نوشیدن به‌سلامتی من و ما یک‌باره به نقیب‌خان بگوید: «دختر پدرسوختهٔ من هرچند ضعیفه‌ای بیش نیست، اما جرئت کرده و دوراز‌چشم ما که سلطانِ صاحب‌قرانیم، قصهٔ شفاهی این نقال‌باشی سبیل‌کلفت خالی‌بند را مو‌به‌مو مکتوب و حتی نقاشی‌هایی ضمیمهٔ آن کند.» بعد، طوری یک پدرسوختهٔ دیگر به دخترش بگوید، که خونِ من و نقیب‌الممالک را به‌جوش آورد از نوع

نگاهـش بـه زن. انگار منت گذاشته کـه حاصل کار دخترش را دیده اسـت. یـا نـه، جملـه‌ای بگویـد مبنی بر گذاشـتن آنـان تـوی نوبت تـا قطره‌چکانی بـه او و دیگـر نسـوان آزادی و فرصـت ابـراز وجـود بدهد.

در آن لحظهٔ نـاب و کمیـاب بعیـد نیسـت ناصرالدین‌شاه با دیـدن روی تـرش مـا علیـه شعرا و قصه‌گویـان غیرِدرباری، خصومت‌ورزانه حرفـی بزنـد. بـه مـا بـر بخـورد و یک‌بـاره برخیزیـم از کاخ گلستان یـا هـر کاخ دیگـری در آن مجموعـه بیـرون بیاییـم. بـا تاکسـی خـود را برسـانیم حوالی پـارک شـهر و از سـاقی مطمئنـی یک بطر نوشـابهٔ مـارک‌دار بخریـم. یا حتی بـا دیـدن تیتـر روزنامه‌هـای صبـح یـا عصـر دربارهٔ زنده و مـردهٔ قاتل‌هـای زنجیـره‌ای حرفـه‌ای یـا غیرِحرفـه‌ای دل‌آشـوبه بگیریـم از تـرس. در چنیـن حـال و احوالـی باز هم بعید نیسـت برویـم حوالی ملک ری و بنشـینیم کنار آن پیرمـرد خنزرپنـزرِی صـادق هدایـت و ببینیم کـه چطوری و بـا چه رویی لـبِ جـوی آب، گل نیلوفـری می‌دهـد دسـت زنـی اثیـری یـا لکاتـه. شـاید هـم برویـم حوالی بـازار سرپوشـیده جـوار مقبرهٔ شاه‌عبدالعظیم و خرما یا شـکرپنیر بخریـم و خیـرات امـوات خفته‌درخـاکِ خـود کنیم. یاد پـدر خود را گرامـی بداریـم یا نکوهـش کنیـم که چـرا چنین زود مـن و ما را بـا مادری مصیبت‌زده و پریشان تنها گذاشـت.»

در صفحهٔ بعد می‌نویسـم: «درسـت اسـت کـه تداخل زمانـی و مکانی و رفـت و برگشـت‌های برق‌آسا بـرای مـن زیـاد اتفـاق می‌افتـد و سـاعاتی نفس‌گیر وادارم می‌سـازد مشـغول اتفاقـات خلاف معیارهـای زندگی عادی بشـوم، امـا اعتـراف می‌کنـم اغلـب نمی‌توانـم از یـک حـد معین زمانـی و مکانـی فراتـر بـروم و کامـلاً غـرق لحظه‌هـای خـوش و ناخـوش تخیل و توهـم شـوم و از حرکـت عـادی زندگی بـاز بمانـم و ناظر رفت‌وآمـد واقعی دیگـران و توقـف و سـکون خود باشـم. کما آنکه وقتـی از خانه بیـرون آمدم

و مقادیـری نوشـتم، رفتـم ابتدای خـط عابر پیاده و با دیدن چـراغ راهنمایی و رانندگـی چیـزی یـادم آمـد. در دوران کودکـی چنـدان بـا جدول سیمانی دو طـرف جـوی و خطوط سفید عابر پیاده سـروکار نداشته و بابت حاشیهٔ شهرنشـینی لطمه‌هـای جسـمی و روحی خـورده‌ام، همیـن اسـت که حالا در بزرگسالی بـه خطـوط عابـر پیاده حسـاس شـده‌ام. به‌عبارت دیگـر، تا مطمئـن نشـوم چـراغ سـبز تـداوم دارد، قـدم از قـدم بـر نمی‌دارم. آگاهـی از ضمیـر خـود چیـز کمـی نیسـت. نتیجه آنکه اگر مسیری روشـن باشد، بی‌هیـچ شـک و تردیـدی بـه راهـم ادامـه می‌دهـم، و اِلّا ... اندکـی بیـش از اندکـی عجیـب می‌نمایـد، ولـی واقعیتی انکارناپذیر اسـت دربارهٔ من کـه عمـری عاشـقانه نوشـتم و مخلصانـه آنچـه می‌دانسـتم بـا جوان‌هـا در میـان گذاشـتم. گاهـی از خـود می‌پرسـم وظیفهٔ من به‌عنـوان نویسنده‌ای اجتماعی‌نویـس چیسـت؟»

روزی در کارگاه داستان‌نویسـی داشـتم مشـخصات ظاهـری حضـرت مسـیح را بـر اسـاس کتـاب وسوسهٔ مسیح نوشتهٔ نیکـوس کازانتزاکیسِ یونانی می‌گفتـم تا برسم بـه شـخصیت‌پردازی او کـه هنرجویـی از کیفش چنـد مـداد رنگـی و کاغـذ سفید ضخیمی بیرون آورد و شـروع کـرد بـه کشـیدن چهـرهٔ مسیح از زبان من و اندیشـهٔ کازانتزاکیس. در پایـان گفتارم او هـم آخریـن سایه‌روشـن‌ها را زیـر چشـم و کنـار گـوش و پشـت لب مسـیح زد. بعـد ورقـه را برگردانـد طرف مـن و دیگر حاضـران در کارگاه. من هم مثل اغلـب هنرجوهـا شـگفت‌زده تأییـد کـردم که شـباهت آشـکاری بیـن چهرهٔ مـن و مسـیح و آن هنرجـوی نقـاش علاقه‌مند به داستان‌نویسـی وجـود دارد.

چـه بایـد می‌گفتـم جـز تشـکر و اینکـه... هـر انسـانی چـه به‌تصـادف و چـه به‌ضـرورت، وقتی در شـرایط زیسـتی معینـی قرار می‌گیـرد، ناگزیـر انوار سرشـت و سرنوشـت خـودش را بروز می‌دهـد. من و این نقاش جـوان بی‌آنکه

چنـدان به نتایـج حرفی که زدیم و قلمـی که روی کاغذ چرخاندیم بیندیشـیم، بـا برملاکـردن خـود، ذهن اطرافیـان را به‌چالش کشـیدیم. پیداسـت من و ما چهـرۀ سـاخته و پرداختـه و حتـی برخـی رفتارهـا و کردارهای منسـوب به این شـخصیت اسطوره‌ای زمینی یا آسـمانی را دوسـت داشـته و اثر کازانتزاکیس را پسـندیده‌ایم... سپس ادامـه دادم... شـما پیـدا کنیـد سرچشـمۀ عمل مـا چهـار نفـر را در ارتباط با هنر داستان‌نویسـی کـه هر نویسـنده و خواننده‌ای از منظر خـود تعریـف و تفسـیرش می‌کند. شـاید کمـی خارج‌ازموضوع باشـد، ولـی به‌هرحـال گاهـی فکر می‌کنـم اگر مسـیح بـا آن فتـوای بی‌نظیـر اسـم مریـم مجدلیـه را سـر زبان‌هـا نمی‌انداخـت و بـه صلیـب نمی‌شـد، این‌همـه در اذهـان پیـروان شـرقی و غربـی‌اش رسـوخ نمی‌کرد. یـا صادق هدایت اگر زن اثیـری را در آن بیغولـه نمی‌دیـد و آن لکاتـه را در خانـۀ خودش نمی‌کشـت و بعـد خودکشـی نمی‌کـرد، این‌همـه به‌چشـم نمی‌آمـد.

دیـروز، در انتهـای آن خطـوط عابـر پیاده، درسـت مقابل مغازۀ سمساری وارطـان قلپـی رفتم بـالا. مانده بـودم حالا که مادر پیـرم با عمو کوچکـه‌ام رفته ارمنسـتان گردش و دیگر نیسـت تـا بگوید چطـوری دسـت‌به‌عصا زندگی کنم کـه پـدرم در گور نلـرزد و... چقـدر می‌توانم شـاد باشـم و چه کارهـا می‌توانم بکنـم کـه تا حـالا نکـرده‌ام. آیا می‌نشـینم طرحـی نـو و پِی‌رنگی تـازه می‌ریزم بـرای داسـتانی مثلاً غیرمتعـارف عشـقی و از تنانگی حرف می‌زنم؟ یا داسـتان نیمه‌کارۀ اندوه‌بـاری را بـا شـادی می‌بـرم طـرف پایانی خـوش و پرامیـد؟... به خود پاسـخ دادم... منِ نویسـندۀ جهان سـومی با هزار بغض شکسـته در گلو، سـینه‌ای بـه خس خـس خس افتـاده از حرف‌هـای ناگفته و تمایلات سـرکوب‌شـده، چـرا بایـد یک‌بـاره بروم طـرف کارهـای دور از تجربه‌های زیسـتی خـودم یا آن راوی سوم‌شـخص فلک‌زده را که بعید نیسـت تصویر کامل و روشـن و شـفافی ندیـده از مـن و خودش، بینـدازم تو دردسـرهای جورواجور!

وارطـان آمـد و سـیگار خارجی تعارف کرد و گفـت: «مهرعلی جـان، بیا در خلـوت بنـوش و خودت را انگشت‌نمای آنتن‌هـای محله نکـن.» درِ بغلی را بسـتم و ضمـن تشـکر راه افتـادم سـرپایینی. انگار که سـر خود فریاد بکشـم گفتـم... بـرای نزدیکـی بـه تنها عشـقت بهانه نتراش! مگر تـو آرزو نمی‌کردی بـرای یافتـن گمشـده‌ات از آن چیزهایی بنویسـی که دوسـت داری؟ خوب برو بنویـس و لـذت ببـر! بی‌حک و اصلاح چاپ شـد، فبهـا و اگر نـه، حداقل تو بـه وظیفـه و تعهـد درونـی و بیرونـی خـودت عمل کـرده‌ای. اگر موفق نشـدی منتشـرش کنـی، بسـپارش دسـت سرنوشـت و بـرو سـر کار بعـدی. کمـاکان بـه عشـقت بـرس کـه فقط نوشـتن اسـت و رسـیدن بـه آن معبـود گمشـده که احتمـالاً زنی اسـت پنهان‌شـده در تو.

متعجـب بـودم از خـودم که چـرا یک‌بـاره دو واژهٔ معبود و زن آمـد به ذهن و زبانـم و کسـی نیامـد جلو چشـم. نوشـتم: «چرا فکـر می‌کنی ایـن گردونهٔ زریـن تـا ابد به‌همیـن منـوال می‌چرخـد و مـنِ شـرقی زیر چرخ‌دنده‌هـا و نیروهـای پیـدا و ناپیـدا و بازدارنده‌اش لـه می‌شـوم؟ منی کـه ایـن حـوزهٔ جغرافیایـی گربه‌سـان را به‌یقیـن و اعتمـاد دوسـت دارم، چـرا بایـد احسـاس خـوف کنـم از کسـانی کـه هیچ‌چیـز به مـن نداده‌اند جـز کابوس‌های شـبانه؟ احمقانه‌تـر احسـاس ملاحظه‌کاری مقابل آن‌هاسـت کـه طلبکارانـه از بـالا نگاهـت می‌کننـد. لحن و رفتارشـان طوری اسـت که انگار بارهـا در مجامع علمـی یـا فرهنگـی و ادبـی بین‌المللـی درخشـیده و خشـتی روی خشـتی گذاشـته و وانمـود می‌کننـد بـا مـدرک تحصیلـی معتبـری بـه وطن بازگشـته و حـالا در انظـار خـود را دکتـر و مهنـدس آفتاب‌مهتاب‌ندیـده جا می‌زننـد. آن‌وقـت به‌قول حافظ «چـون بـه خلـوت می‌رونـد آن کار دیگـر می‌کننـد.» آدم‌هـا پیچیده‌تـر از آن‌انـد کـه فکـر کنیم حتی بخـش کوچکی از درون آن‌هـا را می‌شناسـیم. حتـی قـادر نیسـتیم ادعا کنیم بـه بخشـی از ریزه‌کاری

و پیچیدگی‌هـای روحـی ـ روانـی اطرافیـان خود کـه جزء کوچکی از عالم هسـتی و انسـانی‌اند، آگاهـی داریـم. خیلی‌هـا مثـل مـن سـرگردان بیـن بیم و امیـد و آنچـه می‌خواهنـد و آنچـه به‌دسـت می‌آورنـد، مانده‌انـد. گاهی اشـراف بـه همیـن ناآگاهی‌هـا و ناتوانی‌هـای خـودم و دیگران انگیـزهٔ خوبی اسـت بـرای جسـتجوی بیشـتر. یادم نیسـت چه کسـی گفتـه، ناکامی‌های ما همـواره از بهانه‌هایـی کـه بـرای توجیـه آن‌هـا می‌آوریـم، بخشـودنی‌تر است.

آرام‌آرام نزدیـک می‌شـوم بـه دکهٔ آقامرتضی ساحل. تیتـر روزنامه‌ها چنگی بـه دل نمی‌زننـد، غیـر از یکی بـا مضمونی آشـنا کـه از آن بـوی جنایتی متعصبانه و ضدِبشـری بـه مشـام می‌رسـد. آن را همـراه بسـته‌ای سـیگار بهمن برمی‌دارم و بـا سـر سـلام می‌کنم بـه آقامرتضـی. او فـوری می‌نویسـد به حسـاب و خندان می‌گویـد: «نـه وار؟ نـه یوخ؟ قارداش!» ابرو بـالا می‌دهم که یعنـی هیچی. او می‌فهمـد تلخ‌تـر از آنـم کـه امـروز سـر صبری بـروم داخـل و به‌اتفاق تـهِ بغلی را در آوریـم و... نگاهـم می‌افتـد بـه شـاگرد سـوپر انقلاب آن‌سوی خیابان کـه یک‌بـاره قلدرمآبانـه بـا چنـد مشـت و لگـد پیاپـی جعبـه‌ای چوبـی را خرد می‌کنـد و می‌چپانـد تو دهانِ گشـادِ سـطل آشـغال کنار پیاده‌رو.

از خـود می‌پرسـم... آیـا در دورهٔ دبیرسـتان فهمیـدی خاصیـت جـدول علمـی تناوبـی عنصرهـای شـیمیایی دیمیتـری مندلیف روسـی چیسـت که حـالا بفهمـی آن نسـیم در گذر همـراه تصویر خـودت از کجا آمـد و به کجا رفـت و آمدنـش بهـر چـه بـود جـز انداختـن برگ‌هایـی از درخـت و بـردن افکارم بـه گوشـه‌های ناشناختهٔ ذهـن؟... آقامرتضـی برگـی خشـکیده از روی شـانه‌ام برمی‌دارد و می‌انـدازد در آب روان جـوی. بـا او گاهی زمان را عقـب می‌کشـیم و بـه دوران کودکـی ریشـخند می‌زنیـم، ولی حالا بـا مرور سـرتیتر آن روزنامـه گویـی زنی با صدایـی مـداوم و زیر از بی‌رحمـی و نادانی جمعـی از مـردان می‌گویـد.

هنگام بازگشــت و عبــور از خطوط عابر پیاده، یاد مصاحبهٔ زنی نویسنده از کشــور همسایه افتادم کــه از تــرس دیــدن فیلم ســوزاندنِ امثال خودش جــلای وطــن کــرد. مدتــی بــا چانهٔ کج‌شده و مغــزی مختــل در بیمارستان روانــی یکــی از شهرهای اروپــا بستری شد. هرچه فکر کــردم، یادم نیامد کــدام کتابــش را خوانده‌ام و حالا گناهش چه بوده و... اما احســاس می‌کنم، ناله‌هــای آن زن خیلــی آشناست. مانده‌ام حیران کــه چرا و چگونــه در ذهنم جــا خوش کــرده. فقــط می‌توانم بگویــم در جریان سیال ذهــن، تداعی‌های آزاد نقــش اصلــی را بــازی می‌کننــد. گاهی نقطهٔ عزیمتشــان آشکار است و قابلِ‌تشــخیص، گاهــی هــم طبــق قانونی نانوشــته بــدون تصویری روشــن یا توضیــح و تحلیلــی منطقی از ذهــن می‌گذرنــد کــه حتی به‌ســختی می‌توان آن را روی کاغــذ آورد. عمــدهٔ ســختی کار آنجاســت که هیچ تصویر روشــنی نداشــته باشــی تا حوالــی آن بچرخی.

این‌همــه آســمان و ریســمان کــردم و هنــوز نفهمیــده‌ام چــرا افکارم حول‌وحــوش زنــی می‌گــردد کــه در ضمیــر ناخودآگاهــم با ستون حوادث روزنامهٔ آن عصر پیوند خورده اســت. امیدوارم فراموشــی موســمی ناشــی از آن بیمــاری قلبــی باشــد که هم‌زمان شــد بــا ســکتهٔ ناقص. بد نیســت حالا کــه پــای زنی آمد وسط، یــادی کنــم از زنی مستندساز که ســال پیش در جلســهٔ رونمایــی کتابی مــرا کنار کشــید و گفت کــه می‌خواهد از راه‌رفتن، خندیــدن، بســتنی‌خوردن و مجموعاً از ســلوک مــن با پیرامونــم فیلم بگیرد. در ضمــنِ گشــت‌وگذار و گــپ و گفت، یــک روز کامــل (از خروس‌خوان تــا بوق ســگ) زندگــی کاری و تفریحــی مرا به‌تصویر بکشــد. نشــان بدهد آن کســی کــه در زمان ســفر می‌کنــد، عــلاوه بــر نویســنده، بینندگان‌اند که ناگهــان بــه مناطقــی می‌رونــد کــه قبــلاً خودشــان تجربــه کــرده یا دوســت داشــته‌اند تجربــه کنند...

بایـد خیلـی خوشـحال می‌شـدم، اما یک‌بـاره مقابلش ایسـتادم کـه مثلاً حرف‌هـای مـن هنگام لیس‌زدن به بسـتنی قیفـی یـا گازدن به بسـتنی نانی یـا چوبی چه معنـا و راز و رمز و اسـتعاره و کنایه و افاده‌ای دارد برای اغلب بیننـدگانی کـه اگر برای نان شـب خود درمانده نباشـند، هـزار گرفتاری دیگر دارنـد و... کارگـردان دو تـا سـیگار آتش زد و یکـی داد به من و گفت: «شـما بـرای جمعـی کتاب‌خـوان اهـل نظر ایرانـی سـاکن داخل و خـارج همچنین بـرای خواننـدگان آینـدۀ خودتـان مسـتند می‌شـوید، بـرای آن‌هـا کـه حداقل ماهـی یـک کتـاب می‌خرنـد، یـا هفتـه‌ای یکـی دو بـار از طریق شـبکه‌های تصویـری فیلـم می‌بیننـد و مطالـب هنـری می‌خوانند.»

بـا خـودم گفتم این خصلـت زنان مدرن ایرانـی اسـت. از پا نمی‌نشـینند. بـه جنگـی می‌رونـد کـه حتـی امیـدی بـه برنده‌شـدن ندارنـد. هرچنـد می‌داننـد بیننـدگان اندک برای نویسـندگان خوشـایند نیسـت، ولـی به‌احترام همـان چنـد نفـر جـوش و جـلا می‌زننـد. بعـد دیـدم فرقـی نمی‌کنـد من در چـه حـال و وضعـی حـرف می‌زنـم. فقـط بایـد در قالبی روشـن و جـدی از معضـلات بگویـم و طرح مسـئله کنم، و نه حتـی احیاناً راه‌حل‌هایـی ارائه بدهـم و... خلاصـه، بعـد از کلنجارهـای فراوان بـا خودِ بیرونـی و درونـی‌ام، رضایـت دادم چهار روز همراهشـان در محله‌هـای قدیمـی زادگاهـم و محلـۀ دورۀ کودکـی و جوانـی و محل سـکونت فعلـی‌ام قدم بزنـم. در کوچه پس‌کوچه‌هـای خیابان مولـوی بـه کتیبه‌هـای کاشـی و گچی سـردر خانه‌ها نـگاه کنـم. در خیابان خوش و سلسـبیل و سـپس اینجا، حوالـی خیابان باقی و سـاقی، بـا چنـد کاسـب وارد گفت‌وگـو شـوم، بی‌آنکه صدایمان پخـش شـود. به‌عبـارت دیگـر، آن خانـم کارگـردان می‌خواسـت ضمـن گفت‌وگویی مفصـل در خانـه‌ام، تصاویـری گـذرا و چه‌بسـا بریده‌بریـده و انتزاعـی ارائـه کنـد از رجعـت مـن بـه گذشـته و دریافت هویت فعلـی‌ام بـرای آینده.

خوشبختانه همه‌چیز به‌خوبی پیش رفت. دست آخر آن خانم کارگردان، با اسم مستعار فهیمه فیلمی چهل و پنج دقیقه‌ای ساخت. افسوس پس از چند ماه تلاش و صرف هزینه، اجازه نیافت آن را مثلاً به‌مناسبت پنجاه‌سالگی من در سالنی رسمی یا غیررسمی نمایش بدهد. چرا که در آن با یادآوری زندگی مادرم به پاره‌ای از حقوق طبیعی و پایمال‌شدهٔ زنان در طول تاریخ اشاره کرده بودم و گویا برخی، از آن بوی اخلال در نظم و نظام بشریت و ضدیت با نهاد خانواده شنیده بودند. در نتیجه، حاصل تلاش‌های بی‌وقفهٔ سه چهار ماههٔ کارگردان و صمیمیت آکنده از مهر و عطوفت کلیهٔ عوامل از جمله سازندهٔ موسیقی متن و صداگذار و... منجر شد به کاستی ویدیویی که به‌عنوان یادگاری دادند به من.

حالا هر بار آن یادگاری را می‌بینم، یاد هدیه‌دهنده یا سازنده‌اش می‌افتم که مثلاً با چه تلاشی دوربین بر شانه، از کوچه پس‌کوچه‌های باریک محلهٔ قدیمی گذشتیم. چند بار با مخالفت برخی اهالی هنگام فیلم‌برداری روبه‌رو شدیم یا چه کسانی با رویی خوش از من استقبال کردند. بعد هم طی سه سال چه کسانی دقایق کوتاهی از آن فیلم را دیده و چه کسانی افسوس می‌خورند چرا ندیده‌اند و... در مجموع گفتنی است هدیه اگر خاطره‌های خوش تداعی کند، اغلب با لبخند، درودی می‌فرستیم به باعث‌وبانی‌اش و اگر نه، با زهرخند جایی پنهانش می‌کنیم یا می‌اندازیم دور و بدرودی می‌گوییم به آورنده‌اش. البته گاهی جور دیگری هم اتفاق می‌افتد. روزی مادرم در انباری کوچک خانه‌مان، قاطی وسایل من کنار همان کاسِت یک کارد بزرگ آشپزخانه پیدا کرد و گفت: «پسرم اگر نگویی چه رابطه‌ای هست بین این تیزی و آن کاسِت، می‌برمت پیش صادق خان هدایت تا گوشَت را بکشد و ببرد پیش آقای زیگموند فروید.»

باور کنیـد هیچـی یـادم نیامد و مثل کلوخ چشـم‌دار فقط نگاهـش کردم. خـودش هـم بعد فراموشـش کـرد. حالا هم بابت آن کاسِت ویدیویی افسـوس و دریغـی نیسـت و اگر هسـت، از بیـان یکی چند جمله است هنگام سـاختن فیلـم. از جملـه اینکـه هنـوز پـس از سـی سـال نویسـندگی و روزنامه‌نگاری احسـاس می‌کنم هرچـه دارم از آن جوهـره یـا گوهـرهٔ پررنـگ نقـش خیال در تاروپـود وجـودم اسـت کـه چنین جلـوه و معنایـی به نوشـته‌های مـن داده و نه به‌کارگیـری تکنیک‌هـای به‌ظاهـر زبانـی و سـاختاری کـه هـر تکنسینی قـادر اسـت با تردسـتی تله‌هایی در داسـتان تعبیه کند. در نتیجه شـده‌ام نویسـنده‌ای کـه عـده‌ای او را اجتماعی‌نویـس و مرگ‌اندیـش می‌داننـد و برخـی علاقه‌منـد بـه طرح مشـکلات طبقـات محـروم از جملـه کارگـران و کارمنـدان و زنان و... در حالی‌کـه همـه می‌دانیم مـن هـم مثـل خیلـی از نویسندگان ایـن مرزوبوم پرگهـر اغلـب آرا و عقایـد دلخواه خـود را از دیربـاز نه به‌صراحـت بلکه در حد تحمـل زمانـه بیـان کرده‌ام تا در پناه آرامشـی نسـبی حاصـل از آن بتوانـم با این جسـم رنجـور به عشـق اصلی خـود، یعنی نوشـتن و نوشـتن ادامه بدهـم و اگر از دسـتم برآمـد یا احیاناً از زیر چشـم برخـی ملانقطی‌ها در رفـت، تصاویری گویـا بگـذارم جلـو چشـم خوانندگانی کـه به‌رغم عـدم تمکن مالـی، خریدن کتـاب و تهیـهٔ خـوراک فرهنگی را نـه واجب، حداقـل مسـتحب می‌داننـد. چرا کـه به‌تعبیـر هـر آدم واقع‌بینـی، عقـل معـاش مثـل حـس ششـم اسـت کـه اگر نباشـد، دیگـر حـواس هم به‌خوبـی کار نمی‌کننـد و... فکر کنم پافشـاری برای ابـراز چنیـن جمله‌هایـی از سـوی من و کارگـردان در حاشـیهٔ تصویرهـا، آن فیلم کوتـاه مسـتند را به مخاطـره انداخت.

مخاطره‌هـا کـه یکی دو تا نیسـت. مـاه پیـش، به‌علت تلاطـم روحی، در نوشـیدن زیاده‌روی کـردم و ناگهان خود را در حمام یافتـم. بعد از زدن لیف و صابـون در وان پـر آب نشسـتم. یک‌باره دیـدم بی‌حال و بی‌خیال تـو خیابان‌ها

و کوچه‌های پرپیچ‌وخم همین حوالی دنبال خانه‌ای می‌گردم به‌اسم مرگ یا گلبرگ. نمی‌دانستم شمارهٔ پلاکش چند و روکار ساختمانش چه شکلی است. گاه طنین قدم‌هایم را در خیابان ساقی می‌شنیدم و گاه خودم را در خیابان باقی می‌دیدم. میان مه غلیظی شبیه پنبه‌های متراکم به‌سختی راه می‌رفتم. در همان حال ناگهان شاهد ریزریز شدنِ خودبه‌خودیِ ستون حوادث روزنامه‌ای با تیترهای آشنا در حوالی مرگ بودم. حروف جداجدا از هم به‌شکل حباب‌هایی برخاسته از کف صابون از سر و صورتم بالا می‌رفتند. گاهی هم از سر و صورتم پایین می‌آمدند. تا می‌خواستم بگیرم و بخوانم، یا می‌ترکیدند یا همراه نسیمی در گذر دور می‌شدند. در تلاشی نفس‌گیر چند حرف را گرفتم و کنار هم چیدم: ز.ن. ی. زنده د. ر.م. ی.ا. ن جمع مردگان...

خیالی بود که نمی‌توانستم علت حضورش را بیابم. بار دیگر دست دراز کردم بلکه حروف حبابی را کنار هم بچینم. با دست‌های سرد و سنگین نمی‌توانستم آن‌ها را تکان بدهم یا جابه‌جا کنم. همین که ناامید رو برگرداندم طرف آسمان، یک‌باره تیتر روزنامه‌ای از مقابل چشمانم گذشت که بی‌شباهت به سوتیتر آن روزنامهٔ آشنا نبود: «یک درجه‌دار سابق که فرزندان حرام‌زادهٔ زنش را کشته بود، خود به‌دست همسر بی‌بندوبارش کشته شد.» احساس می‌کردم نه خود این تیتر، بلکه مضمون آن با من نسبتی دارد. هنوز در میان مه و پنبه پیش می‌رفتم و طنین گام‌هایم در همان اطراف انگار صدا می‌زد: «گلی، گلی! یا...»

سال‌ها پیش داستانی نوشتم که در آن راوی، در نقش خبرنگار یا روزنامه‌نگاری مستقل ظاهر می‌شود. با زن و شوهری در خیابانی شبیه همین خیابان اصلی، بین دو خیابان فرعی، نزدیک پارک بچه‌ها قرار می‌گذارد. خبرنگار و آن زن به‌تصادف همدیگر را پشت چراغ قرمز

راهنمـا می‌بیننـد. شـادمان از وقت‌شناسیِ هـم، در میـان هیاهوی دسته‌ای گنجشـک‌های مأوایافتـه در لابه‌لای شاخ‌وبرگ درختان، بـه آن‌سـوی خیابـان می‌رونـد. شـوهر درجه‌دار بـا دیـدن آن دو می‌گویـد: «شـک ندارم بچه‌هایـی کـه ترکمـون زدی یـا مـال ایـن نویسندهٔ خبرنگار اسـت یـا مـال آن شـاعر چپ‌گـرای ضدانقلاب فـراری بـا نـام مسـتعار وحیـد.»

زن عصبانـی پاسـخ می‌دهـد: «مـردک دیوانه، اگـر کمـی عقـل داشـتی می‌فهمیدی آن شـاعر سال‌هاسـت از ایـن مملکت رفته و این آقا هم نویسنده و روزنامه‌نگاری سرشناس اسـت و نیـاز بـه مـنِ بدبخت نـدارد. خـاک بـر سـرت کـه فـرق قصه‌هـای خیالـی و داسـتان‌های واقع‌گـرا و خاطـرات روزنگار را نمی‌فهمـی. حتـی نمی‌دانـی گنـاه سـقط جنیـن بیشـتر از دروغ‌گویـی بـه شـوهر اسـت.» جـدال لفظـی بیـن زن و مـرد بـالا می‌گیـرد. مرد پـس از زدن چنـد سـیلی محکـم فحاشـی می‌کنـد. مـن راوی ناظـر، مثل کلوخ چشـم‌دار، فقـط نگاه می‌کـردم به دهان ایـن دو موجـود عصبی کـه ناگهـان آن زنِ گریانِ زخمـی، کـه از بـد روزگار سـه فرزنـدش را از دسـت داده، از درون چکمهٔ سـاق‌بلندش کاردی دسته‌صدفی بیـرون می‌کشـد و تـا دسته فـرو می‌کنـد تو قلب شـوهرش. سپس بیرون می‌کشـد و می‌انـدازد جلو پـای مـنِ راوی و... در میـان هلهلهٔ گنجشـگ‌ها و ریـزش برگ‌های پاییزی می‌گریـزد. شـوهرِ زخمـی افتـان و خیـزان مـی‌دود دنبـال آن زن کـه حـالا با موتـور وسپا و کلاه کاسکت شـوهرش از لابه‌لای ماشین‌ها مـی‌رود طـرف غرب.

راوی انـدکـی بـه خـود می‌آیـد. از خـود می‌پرسـد چـرا بیـن آدم‌هـا گفت‌وگـو ایـن‌همه سـخت اسـت؟ در سـکوت مرگ‌بـار اطرافـش تیغهٔ خونی کارد را در آب جـوی مـی‌شـوید و بـه‌عنـوان یک یـادگاری ارزنـده از حادثه‌ای نـادر بوسـه‌ای بـر آن می‌زنـد و بـا اولیـن ماشـین کرایـه‌ای برمی‌گـردد طرف خانـه‌اش. وقتـی خـود خـودش می‌شـود، بـه‌نظر نه مغموم و افسـرده اسـت،

نـه خوشـحال. انگار یکـی از عادی‌ترین وقایع را در سـتون حـوادث روزنامه خوانـده اسـت. امـا به‌محض رسـیدن بـه خانه، بـا دیدن قلـم و کاغـذ دچار هیجـان می‌شـود و شـروع می‌کنـد بـه نوشـتن دربارهٔ زن و مردی کـه پس از سـه مـاه تعقیب و گریز سـرانجام توسـط راوی کنار هم قـرار می‌گیرند، بلکه بتواننـد حـرف بزننـد و از معمایـی پـرده بردارنـد. حـال آنکه بی‌هیـچ مقدمه یـا مؤخـره، معمایـی می‌آیـد روی معمایـی دیگـر و او تازه وحشـت می‌کند، کـه واقعاً چـرا گفت‌وگـو بیـن آدم‌هـا این‌همـه سـخت اسـت و اگـر خودش راوی بی‌طـرف نمی‌شـد، چـه می‌شـد.

در آن داسـتان، راوی همین که از طرح و توطئهٔ داسـتانش راضی نمی‌شـود، می‌بینـد هیـچ چاره‌ای نـدارد جز نوشـتن و نوشـتن تـا بلکـه آرام آرام برسـد به گذشـتهٔ زنـی کـه حوالی همین حادثه پرسـه می‌زد و هنوز نمی‌دانـد او همان گمشـده یـا گمگشـته‌اش اسـت کـه در ناخودآگاه دنبالش می‌گـردد. پس هی دور خـودش می‌چرخـد و می‌چرخـد و سـرانجام راهـی نمی‌بینـد جـز تغییـر مـکان و رهاشـدن در زمان. می‌نویسـد: «ای کاش آن زن به غـرب نمی‌رفت و مـن در زمانـی خـوش و مکانـی مناسـب بـه او می‌گفتم که عاشـق شـجاعتش هسـتم. بهتریـن نوشـته‌ام را تقدیمـش می‌کنـم به‌شـرطی کـه او هـم اجـازه بدهـد مـن دل‌نوشـته‌ها و داسـتان‌ها و خاطره‌هـای روزنگارش را بخوانـم. بلکـه بفهمـم گذشـته‌اش چـه بـوده و نقطـهٔ عزیمت و انگیـزهٔ این قتـل از کجا سرچشـمه گرفتـه اسـت. یا حداقـل بفهمم چـرا جُرم سـقط جنین بیشـتر از دروغ‌گویی به شـوهر اسـت.»

در حـال نوشـتن، امیـدوار بودم آن زن اهـل ادب و هنر و البته شـجاع و آن شـوهر عاشـق شـرقی کوروکرشـده از فرط غیـرت و تعصب خـود، داوطلبانه بیاینـد و سـرنخ بیشـتری بدهنـد از آن تیتـر روزنامـه و شـرح غیرمنتظره، کـه نیامدنـد. مـن هـم از همـان زمـان مصمـم شـدم هـر روز پنج عصـر از خانه

بیـرون بزنـم و دقایقـی زیـر درخت‌هـای قطـور سـر خیابان سـاقی بایسـتم به سیگارکشـیدن. سپس روی نیمکتی سیمانی بنشینم و شـروع کنم به نوشتن و نوشـتن. گاهـی هـم می‌نشسـتم روی تنـهٔ قطـور اما بی‌سـر یک درخـت چنار صدسـاله وسـط جـدول جـوی و بـاز هـم می‌نوشـتم. تا آنکـه یادم آمـد آن زن پـس از قتـل همسـر قاتـل و تهمت‌زنِ خـود راهی غرب شـد. آن شـاعر فراری هم کسـی نیسـت جـز وحید خیاط‌زاده، دوسـت قدیمی خـودم، که سـال‌ها پیـش بـا لبـاس مبدل به کشـور همسـایه گریخـت و سـر از غـرب درآورد. من هـم سـال‌ها بعـد طـی سـفری فرهنگی و سـپس توریسـتی بـه دیـدن او رفتم. نوشـتم: «به‌قـول قدمـا، حیـف اسـت بـه دریـا رسـیدن و از دریـا بـه باریکه‌آبـی یـا بـه سـبویی قانع‌شـدن.» بعـد مثل آدم‌هـای ازخودمتشکر لبخنـدی زدم، گویی پاداشـی گرفته بـودم از آن‌همه وقتی که صرف نوشتن و خوانـدن رمان‌هایی کـرده بـودم که زنـان محـور حـوادث جورواجور آن بودنـد؛ مادرانی جوان‌ازدسـت‌داده، زنانی شـوهرمرده و دخترانی جامانده از سـیل و زلزلـه و دیگـر بلایای طبیعی که هر شـب مجبورند جایـی بخوابند. زنانـی کـه حـوادث گوناگـون ناگوار مثل ارثیه‌ای شـوم نسل‌درنسـل دسـت از سرشـان برنمی‌دارد و چـون سـایه هـر جـا می‌رونـد، شـوربختی همـراه خـود می‌برنـد. زنانـی کـه همـواره و هنـوز بـا ایـن سرنوشـت آونگان بیـن اثیـری و لکاتـه و در نـگاه عمومی‌تـر بـا اسـارت جنس دوم مبـارزه می‌کنند و به‌رغـم یـک دنیا ناملایمـات خـود را به‌اثبات می‌رسـانند. یادش به‌خیر! آن کارگـردان شـجاع، آن دختـر صـاف و صـادق و صمیمی سـرانجام فیلم مسـتند خـود را بـرد خارج کشـور. توانسـت در چنـد فسـتیوال و در چندین مجلـس عمومـی و خصوصـی نشـان دهـد و حتـی کاندیـدای جوایزی هم بشـود. انـگار کـه تصادفـی زمینه‌ای چیده باشـد بـرای دعوت من از سـوی اهـل ادب چنـد شـهر اروپایی.

آن روز، پس از زنگ تنفس کارگاه گفتم... در تداعی معانی، حوادث هم‌جنس روی هم تأثیر می‌گذارند. اینکه مثلاً هر هفته مادرتان را ببرید پشت در یکی از آسایشگاه‌ها یا ندامتگاه‌ها تا برای او وقت ملاقات بگیرید شوهرش یا فرزندانش را ببیند، اینکه یک ماه پس از دفن برادران خود، درست همان روزی که سنگ قبرشان را می‌گذارید، وصیت‌نامه‌هایشان را پرت کنند تو صورتتان، اینکه اجازه ندهند مراسم ختم بگیرید، اینکه یک‌باره یاد زنی بیفتید که در دفاع از شرف و حیثیت خود، دهان یاوه‌گویی به‌خدمت‌درآمده را بسته و گریخته، اینکه شب بخوابید و صبح با شنیدن اخبار حوادث شهری احساس کنید در بحران‌های موسمی می‌بایست خاطراتِ تابع تقویم تاریخیِ خود را بنویسید و جای مطمئنی مخفی کنید، اینکه یک‌باره از ترس همهٔ خاطرات مستند خود را در وان حمام بریزید و با تفالهٔ خشک‌شدهٔ آن مجسمه‌ای کاغذی بسازید شکل خودتان، یا متأثر از آن داستانی بنویسید که به فایل ادبیات اجتماعی نزدیک‌تر شود، اینکه با دیدن خطوط موازی عابر پیاده، یاد زندان تن و جان بیفتید و... همه و همه روی تداعی معانی و واگویه‌های درونی اثر می‌گذارد. در این مقوله، پیوستگی یا عدم پیوستگیِ آشکار و پنهان تصاویرِ ازهم‌گسیخته خیلی مهم است و... همان روز قول دادم در یکی از جلسات آیندهٔ کارگاه، داستانی بخوانم بلکه مصداقی باشد برای گسترش این بحث که از دل روان‌شناسی جدید بیرون آمده است.

شاید وقت آن باشد که بگویم چند سال پیش به یکی از فستیوال‌های معتبر ادبی دعوت شدم. بلافاصله تلفنی به وحید خیاط‌زاده خبر دادم و بعد راهی آن شهر اروپایی شدم. دو داستان کوتاهم را ترجمه کردند. داستان اولم را همراه معروف‌ترین نویسندگان زن و مرد جهان، خواندم. با احساس غروری موجه نَفَسی از سر رضایت کشیدم. همین

که یادم می‌افتاد در این جهان شش هفت میلیاردی ترجمهٔ آثار من هم شنوندگانی جدی دارد، حس خوشایندی سراغم می‌آمد. ممنون بودم از همان خانم مستندساز دوراندیش و مترجم خوبی که داوطلبانه پا پیش گذاشتند برای معرفی آثار من. آشنایی با نویسندگان معروف جهان به‌راستی موهبتی بود...

در برنامهٔ آن فستیوال بین‌المللی ادبی پیش‌بینی شده بود، علاوه بر داستان‌خوانی در شب اول، داستان دیگری از من در تئاتری معتبر توسط یکی از هنرپیشگان مشهور رادیو و تلویزیون روخوانیِ نمایشی شود. جمعیت کثیری برای من و مترجم، مخصوصاً برای آن هنرپیشهٔ مشهور کف زدند و هورا کشیدند. من هم با خیالی آسوده مقابل کارتونیستی سوئدی نشستم که ظرف پنج دقیقه پنج تصویر از من کشید و چهار تای آن را هدیه داد به خودم. هرچند تصاویر شباهت چندانی با خودِ بی‌آلایش درونی‌ام نداشت، اما تا اینجا همه‌چیز با نظم خاص و در دو نصفه‌روز به‌خوبی و خوشی، در حد قابل‌قبولِ این‌گونه مجامع سپری شد. اما همین که دعوت شدم به پاتوق هموطنان اهل ادب و هنر آن شهر، ناخودآگاه دودل شدم که مبادا عنان از کف داده، کشیده شوم طرف اظهارنظرهای تند و تیز.

نخست امتناع کردم، اما بعد با مشورت دوستان سابق و لاحق ازجمله وحید خیاط‌زاده، همان دوست و شاعر قدیمی، تصمیم گرفتم برای هموطنانم سنگ تمام بگذارم. محض احترام بیشتر به اجتماع مهاجران و تبعیدیان فارسی‌زبان، متن نسبتاً دقیق و پژوهشگرانه‌ای نوشتم دربارهٔ زنان رمان‌نویس پیش و پس از انقلاب. اگر بپرسید چرا یک‌باره رفتم طرف چنین مضمونی، جواب قانع‌کننده‌ای ندارم. جز تمایل ذهنی و احساس ادای دین به زنانی شبیه مادرم که در کنار مرداب نویدگل

نیلوفـری می‌دادنـد بـه مـردان. طـی آن مقالـه، دربـارهٔ تـلاش بی‌وقفـهٔ زنان نویسـندهٔ عامه‌پسند و پرفـروش صحبـت کـردم. چـرا کـه توانسـته بودنـد به‌رغـم ممانعت‌هـا و ناملایمـات آشـکار و پنهـان طـی بیسـت و سـه چهار سـال ایـن ژانـر ادبی را از انحصـار مردان درآورند، ضمن تنوع‌بخشـی نسـبی بـه مضامیـن آن خیلی‌هـا را راغـب بـه خوانـدن کتـاب کننـد، آمار سـرانهٔ مطالعـه و عناویـن کتاب‌هـای منتشرشـده را افزایـش دهنـد، از نظر کمـی و کیفـی آبـرو بخرنـد مقابـل کشـورهای منطقـه کـه به‌نـدرت زنی نویسـنده بینشـان پیـدا می‌شـود و اگر پیدا شـود و اندکی خلاف سـنت و عـرف جاری حـرف بزنـد، بایـد منتظـر عواقب ناگـواری باشـد ازجملـه زنده‌به‌گـوری و سـوختن در آتـشِ خشـم مـردان غریبـه و خویشـاوندان متعصـب.

آن شـب، بـا شـوق سـخنرانی کـردم، امـا برخـلافِ انتظـارم نگویـم جنجـال، بلکـه همهمـه‌ای آزاردهنـده درگرفت بین دوسـتان سـابق و لاحق و جمعـی از مهاجـران و تبعیدیان معتـرض کـه چـرا مـن دربارهٔ جهـش چشـمگیر زنـان نویسـنده در شـرایطی سـخن گفته‌ام کـه آنان قادر نیسـتند حتـی بـا پوشـش دلخـواه از خانـه بیـرون بیاینـد. و... گویی انتظار داشـتند مـن کـه بـه آزادی اندیشـه و بیـان بی‌هیچ حصـر و اسـتثنا اعتقاد داشـتم و بارهـا انتشـار کتاب‌هایم توسـط ملانقطی‌های ریـز و درشـت متوقف شـده بـود، محـور اصلـی حرفـم را بگـذارم روی موانـع سانسـور در مطبوعـات و نشـر کتـاب. از بسـتن فلـه‌ای روزنامه‌هـا و مجله‌هـا حـرف بزنـم. یـا به‌صراحت دربـارهٔ درون‌مایـهٔ اجتماعـی آثـار خـودم سـخن داد بدهـم و... می‌پرسـیدند بـه چـه منظـور رفتـه‌ام سـراغ نـوع رمان‌هایـی کـه هیـچ سـنخیتی بـا آثـار خـودم نداشـته‌اند و به‌نوعـی غیرمسـتقیم بـا بزرگ‌نمایی تـلاش زنـان عامه‌پسندنویس، آب بـه آسـیاب دشـمن ریختـه‌ام و... البته بعضی‌هایشـان صادقانـه از مقوله‌هـای امروزی‌تـری دربـارهٔ حقـوق زنـان

حـرف می‌زدنـد کـه مـن یا از آن‌هـا اطلاعـی نداشـتم یا اگـر داشـتم، به‌قـدری آغشـته به کلمـات و اصطلاحـات فرنگی بود که گاهی در تفسـیر و معنـای آن جا می‌مانـدم.

سـخت غمگیـن شـدم کـه چـرا معنـای بعضـی واژه‌هـا را نمی‌دانـم و متعجب کـه چـرا آقایـان و خانم‌هـای غرب‌دیـده بـا داشـتن تجربـهٔ زندگی در شـرق متوجـه مبارزهٔ بی‌وقفه و سـازندهٔ زنـان طی آن سـال‌های پرمخاطره نبوده‌انـد؟ چـرا نمی‌دیدنـد کـه مـن به‌عنـوان داسـتان‌نویس دعوت شـده‌ام و نـه خبرنگار اجتماعـی، و نـه یکـی از اعضا یا هـواداران گروه‌های سیاسـی و... هرچنـد بلافاصلـه پـس از سـخنرانی توضیـح دادم کـه مـن به‌عنوان داسـتان‌نویس و نـه روزنامه‌نگار از طریـق ادبیـات مـی‌روم طرف سیاسـت و نـه از طریـق سیاسـت طـرف ادبیات، امـا انگار آنـان می‌خواسـتند با طرح پرسـش‌های عمومـی و البتـه گاه به‌حـق، بیشـتر مسـائل خود را مطـرح کنند تـا حرف و سـخن مهمـان اصلـی را بشـنوند. حـالا بـه نقـش نفاق‌افکنانه و دودوزه‌بـازان حرفـه‌ای این‌گونـه مجالـس و محافـل اشـاره نمی‌کنـم کـه گاه هنـگام بـه نعـل و بـه میـخ زدن، دم خروسشـان مـی‌زد بیرون.

آن شـب به‌محـض اعلام بیسـت دقیقه تنفس به‌سـرعت و غیرمحسـوس از در پشـتی سـالن بیرون رفتـم و کنار پیاده‌روی آن خیابـان فرعی نیمه‌تاریک سـیگاری روشـن کـردم. خسـته و بی‌حوصله‌تـر از آن بـودم کـه در ادامـهٔ سـخنرانی بایسـتم و بـا مدعویـن موافق و مخالـف ضمن خوش‌وبـش احیاناً عکس یادگاری بگیریـم. جواب برخـی پرسـش‌های خصوصـی را بدهم و... همیـن کـه دو قلپ از بغلـی رفتـم بـالا و پـک دیگـری بـه سـیگار زدم، یک‌بـاره در تاریک‌روشـنای آن‌سـوی خیابـان چشـم بـه زنی افتـاد کـه در پرتـو نئون‌هـای چشـمک‌زن مغازه‌ای بسـته، به مـن لبخندی زیادی دوسـتانه زد. لحظـه‌ای مـردد شـدم کـه مبـادا دامـی باشـد بـرای بدنام‌کردنِ مـن. اما

نگاهش آشنا و غم‌خوار بود. انگار تشویقم می‌کرد به صبر و حوصله و آرامش و دلداری‌ام می‌داد که از دست هم‌وطنان عجول پرسش‌گرم دلگیر نباشم و...

تصویر و تصور عجیبی بود. سیگار دیگری روشن کردم و قلپی دیگر رفتم بالا و دقیق شدم به چهره‌اش. عجیب یادآور همان زنی بود که همسر قاتلش را جلو چشم من به‌قتل رساند و گریخت. اعتراف می‌کنم که بعد از آن سکتهٔ کذایی حتی یادم نمی‌آمد آن کارد آشپزخانهٔ دسته‌صدفی را او گذاشت تو دست من یا انداخت جلو پایم و گریخت. امان از این حافظهٔ بی‌پیر اختیارسرخود! بعید نبود همانی باشد که روزگاری دوست وحید و سپس دوست من بود. هرچند چهره‌اش تا حدودی آشنا بود، اما حالا بی‌آنکه بدانم واقعیت است یا خیال مثل نسیمی گنگ و بازگشته از کوچه‌ای بن‌بست پیش رفتم. به‌قول نیچه، فیلسوف آلمانی: «مهم‌ترین امتیاز برخورداری از حافظهٔ ضعیف این است که فرد کم‌حافظه می‌تواند از یک چیز بارها به یک اندازه لذت ببرد...»

ضمن درود به صاحب این جملهٔ کارگشا بد نیست بگویم، شاید هم گفته باشم که سال‌ها پیش خودم از آن ملاقات استثنایی گزارشی نوشتم و دادم به یکی از روزنامه‌ها. بعد تبدیلش کردم به داستانی که هنوز راضی نشده‌ام چاپش کنم، حتی با اسم مستعار. جهت یادآوری بگویم همان داستانی که مضمون و درون‌مایه‌اش حول محور سنگینی گناه سقط جنین بود یا دروغ‌گویی زن به شوهر. بعد از سلام و احوال‌پرسی از دور و بالارفتن قلپی از بغلی، احساس کردم انگار می‌داند سال‌ها در آسمان شرق دنبالش می‌گشته‌ام و حالا در سرزمین غرب به‌دستش آورده‌ام.

در چشم‌هایش می‌خواندم مشتاق است حالا نکته‌ای دربارهٔ جلسهٔ سخنرانی بگوید. حدس زدم همانی باشد که هفتهٔ پیش همراه جمعی از

دوستان سابق و لاحق تا فرودگاه آمده بود استقبال. من اما از فرطِ احتیاط به او کم‌محلی کرده بودم. یادم آمد که بعد از بیرون‌آمدن از فرودگاه که یادم نیست چه ساعت عصر بود، او جمع مستقبلان را دعوت کرد به خانه‌اش. عده‌ای نیامدند. سرانجام پنج شش نفری ابتدا رفتیم به آپارتمان او که همان نزدیکی بود. به‌سرعت قهوهٔ ترک یا فرانسوی بار گذاشت تا بعد مثلاً به مهمان ویژه افتخار بدهد و فالش را بگیرد. بی‌توجه به پوزخند وحیدِ شاعر زیر آن سبیل پهن و دیگر دوستان سابق و لاحق دفترچهٔ صدبرگ مندرسی را آورد و بی‌مقدمه شروع کرد به خواندن. هرچند با همهمهٔ عمدی دوستان نتوانست بیشتر از چند سرفصل را بخواند، اما انتظار داشت من درباره‌ٔ همان چهار پنج صفحهٔ پراکنده که با صدای ترس‌خورده و خروسک‌گرفته خواند، اظهارِنظر کنم. انگار بر اثر اشتیاق فراوان و بی‌تجربگی نمی‌پذیرفت تازه از راه رسیده‌ام و در شرایط مساعد گوش کردن و احیاناً نقد و نظر جدی نیستم. برای تشویقم به گوش‌کردن و اظهارنظر خیلی خودمانی و خام‌دستانه گفت: «دربارهٔ گم‌شدن خود شماست در این شهر. هم سمبلیک است هم اجتماعی، خوانندگان فراوانی پیدا می‌کند اگر گم‌شدن خودت را در این رمان جدی بگیری و به آن بال و پر بدهی.»

پس از همراهی با خندهٔ بلند دوستان، لحظه‌ای ماندم که این زن کیست که مرا ندیده و نشناخته دعوت کرده به خانه‌اش و بی‌پروا شوخی می‌کند و تقاضای همکاری دارد. هرچند معنای نگاه متعجب وحیدِ شاعر به خودم و او را نمی‌فهمیدم، برای تلطیف فضا گفتم در آسمان دنبالت می‌گشتم و در زمین گیرت آوردم، اما افسوس که حالا قادر نیستم با دقت شنیده‌هایم را از دهلیزهای خیال گمشده‌ام به حیطهٔ نظر آورم و چیزی بگویم که شایستهٔ اثر شما باشد و... که این‌بار صدای قهقههٔ او رفت آسمان. چنان گشاده‌رو و دلنشین خندید که توانستم تمام

دندان‌هـای سـالم و یکـی دو تـا روکش‌شـده‌اش را هـم ببینـم بی‌آنکـه یادم بیایـد قبلاً هـم دیده بـودم...

بی‌ریایـی از سـر و رویـش می‌باریـد. لحظـه‌ای دلـم خواسـت بفهمم دهانـش بـوی خیـار می‌دهـد یا نـه. گفـت: «پیداسـت همانـی هسـتی کـه بـودی.» بعـد یـادش رفت یا صلاح ندید قهـوه بیـاورد. از بس کـه بـه توصیۀ دوسـتان، مثـل از قحطی‌گریخته‌هـا نوشانوش کـردم، دیگـر یـادم نیسـت چگونـه از خانـه‌اش بیـرون آمدیـم. یـا بعـد چـه شـد کـه مثـل رؤیایـی دیـر و دور، حوالـی عیـن و ذهـن گاه او را در جلسـات دوسـتانۀ کافـه‌ای و گاه در جمع‌هـای خانوادگـی و محفلـی یـا حوالـی مغازه‌هـا و سـوپرمارکت‌های ایرانـی می‌دیـدم. گاهـی هـم به‌طـور کلـی فراموشـش می‌کـردم. راسـت گفته‌انـد یـادآوری خاطره‌هـا گاه مخاطـره‌ای اسـت اغواگـر و مـن برخـلاف همیشـه در آن امسـاک می‌کـردم.

در پرتـو انـوار سـبز و قرمـز بالا سـرش نگاهـش می‌کردم کـه گفـت: «خبر دارم ایـن روزها سـرت خیلی شـلوغ بـوده، ولی فکـر نمی‌کردم فراموشـم کرده باشـی. در حالی‌کـه می‌دانسـتم دائـم دنبالم می‌گـردی. کار واجبی داشـتی که فقـط بایـد در تنهایـی به خـودم می‌گفتی و جلو دوسـتان آشـنایی نمی‌دادی؟» راسـتش دسـتپاچه و همین‌جـوری گفتـم سـؤال گنگـی پـس ذهنـم هسـت کـه متأسـفانه حـالا نمی‌آیـد جلـو چشـمم. این چنـدروزه هـم از بس کـه اینجا و آنجـا آدم‌های جوروا‌جور و رفقای شـکیب و ناشـکیب دیـده‌ام، قاطی کرده‌ام.

گفـت: «می‌فهمـم! امـا آیـا این‌همـه عـوض یـا پیر شـده‌ام کـه حتـی مرا در خانـۀ خـودم بـا همان لبـاس خونـی و چکمۀ سـاقه‌بلند نمی‌شناسـی و به داسـتانی کـه دربارۀ خـودت نوشـته‌ام، محل سـگ نمی‌گـذاری؟ بعد هم چرا حـالا کـه تنهاییم به‌جـا نمی‌آوری؟ من لیلـی‌ام! لیلـی مجدعلیان. دوسـت پیـش از انقـلاب تـو و آن رفیـق حمـام و گلسـتانت وحیـد خیاط‌زادۀ شـاعر.

همـان مـادر سـه فرزنـد کشته‌شـده به‌دسـت پـدری روانـی! یـادت نیسـت، زمـان مجـردی بارهـا بـا آن وحید نامـرد نامهربان آمدم پیش مادرت؟ دوسـت داشـتم نویسـنده و شـاعر و نقاش بشـوم، اما از بخت بد قاتلی فراری شـدم؟ یـادت نیسـت مـادرت را تشـویق می‌کـردی جلـو مـن و وحیـد از صـادق هدایـت حـرف بزنـد؟ یـادم اسـت طفلـک عمـداً یـا سـهواً چنان خـودش را بـه فراموشـی یا کم‌حواسـی مـی‌زد که تـو بتوانـی مضمون‌هـای مرگ‌طلبی را فرامـوش کنـی و در سـتایش زندگی بنویسـی. برای مـن همین‌قـدر فداکاری کافـی بـود کـه یـاد بگیـرم چه‌جـوری می‌شـود زنی بـر کـوه رنج‌هایـش غلبه کنـد. سـه سـال شـوهرداری و یک عمـر نشسـتن پـای بزرگ‌کردن یـک بچه بـا ظاهـر آرام و درون پرآشـوب و مظنـون بـه همه‌چیز کار کوچکی نیسـت.» کـه تعجـب کـردم از لحن کنایـه‌زن او.

مـادرم از آن دسـته آدم‌هایـی بـود کـه خاطراتـش را فرامـوش نمی‌کـرد، بـا آن‌هـا زندگـی می‌کـرد. خاطـره هرچـه دورتـر بـود، او زنده‌تـر و شـفاف‌تر می‌دیـدش. بـه گذشـته بـا چشـم ماضی نـگاه نمی‌کـرد. در جابه‌جایـی سـریع زمـان، افعـال یک‌بـاره از دوران کشـف حجاب رضاشـاهی می‌پریـد به زمان حجاب اجبـاریِ حـالا کـه همـه را گیـج می‌کـرد. به‌نظر می‌رسـید نمی‌تواند یـا نمی‌خواهـد از افعـال متـداول سـاده، یا زمـان حـال خیالی اسـتفاده کند. روزی کـه خـودش را حسـابی بـه گیج‌گیجـی زد یـا دچار کم‌حواسـی شـد، مـرا خوشـحال و وحیـد و همیـن لیلی را شـگفت‌زده کرد. لیلی از او پرسـید: «مهـری خانـم، ببخشـید ها، حـالا ما در چه ماه و سـالی هسـتیم؟» مادرم از پنجـره بـه کوچـهٔ سـاقی نـگاه کـرد و گفت: «اگـر اشـتباه نکنـم، در همان سـالی هسـتیم کـه صـادق هدایت بـوف کـورش را در دهلی هند چـاپ کرد و پنـج نسـخه از آن را فرسـتاد تهـران بـرای خـواص، ازجملـه من. مـاه پیش تمامـش کـردم. دسـتش درد نکند. هم حسـابی به مـن پرداخـت، هم خیلی

هنرمندانـه دسـت اسـاتید پرمدعای درباری دانشـگاهی را رو کـرد. چون هر چـه خواندنـد، سـر در نیاوردنـد سـر و تهش کجاست، بـه او ناسـزا گفتند. چرا؟ چـون نحـو کلام و نـوع نوشـته‌اش بـا ذات کهنـه و تنبلشـان جـور در نمی‌آمـد. نمی‌فهمیدنـد خطابه‌هـای راه‌راه یـا حدیـث نفس‌هـای مـوازی همـان غرق‌شـدن در گـرداب صحنه‌هـای مشـابه ذهن اسـت و افسون‌شـدن در سـاختار تودرتوی سیال ذهن که گاهی نزدیک می‌شـود به سوررئالیسـم. نفهمیدنـد در منطـق خـواب و رؤیـا، لکاتـه روی دیگر اثیری اسـت.»

آن روز هـر سـه انگار کـه آدم فضایـی دیـده باشـیم، نگاهـش می‌کردیم. مـادرم بـا دیـدن تعجب و حیـرت مـا سـنگ تمـام گذاشـت: «اگـر رفتیـد کافه نـادری، از قـول مـن بـه آن رنـد خراباتـی همه‌فن‌حریـف فُکل‌کراواتـی بگوییـد تا رضاشـاه مصدر کار اسـت، آهسـته برو، آهسـته بیا، تا سانسـورچی مخصوصـش برخـی آرا و عقایـدت را زیرسـبیلی در کند و اجـازه بدهد طوری خودکشـی کنـی کـه انگ نوشـته‌هایت بشـوی. بـه او بگوییـد شـاهکار تـو برملاکـردن ذهـن و زبـان آن حاجی آقـای بدبخت فرصت‌طلب نیسـت، نگاه مسـخره‌آمیز و چالشـگر به‌جبـر زمانه و یکی‌دانسـتن زن اثیری و لکاته اسـت. اگـر شـکل و شـمایل زن اثیـری یـادش نیامـد، بگوییـد همـان دختروسطیِ خالـه اقـدس کـه بـا مغناطیـس چشـم‌هایش هـر مـرد مقتـدری را مـات و هر مـات و مبهـوت بی‌نوایـی را می‌فرسـتاد بـه عرش اعلا، غیر از شـوهر خودش کـه دق‌مـرگ شـد از دسـت آن محمدرضاشـاه گوربه‌گـوری. بـه او بگوییـد مهـری گفـت تحمـل، نـام دیگری اسـت بـرای بی‌اعتنایـی. ببینید چـه جوابی می‌دهـد.» آن روز وحیـد گوشـه زد کـه هر بی‌اسـتعدادی چنین مادری داشـته باشـد، حتمـاً داسـتان‌نویس می‌شـود. مـن هـم گفتـم بیـا جایمـان را عـوض کنیـم، کـه کلـی خندیدیم.

در پنـاه سایه‌روشـن‌های رنگارنـگ و در آن حـال و هـوای عـدم تطابـق

چهـرۀ گذشـته و حـال لیـلی مجدعلیـان، هنـوز نمی‌دانسـتم یا نمی‌توانسـتم باور کنم او همان زنی اسـت کـه دنبالش بودم. در عین حال، مشـکوک بودم بـه زن سیاه‌پوشـی که کمی آن‌سـوتر از ما بـا چراغ‌قوه‌ای چسبانده‌بر‌پیشـانی، بالاتنـهٔ باریکـش را در دهـان گشـاد و سیاه سطل زباله فرو می‌بـرد تا چیـزی پیـدا کنـد. حـق بدهیـد که دیـدن این‌جـور رهگـذران تصادفـی برای مـا نویسـندگان شـرقی بسـی بیش از بسـی غیرعـادی و شـبهه‌برانگیز باشـد. راسـت گفته‌انـد کـه آدم مارگزیـده از ریسـمان سیاه‌وسـفید می‌ترسـد.

خـوب کـه نـگاه کـردم، زنـی بـود بـا ابروهایـی نـازک و لب‌هایـی قلـوه‌ای و چـال زنخدانـی نه‌چنـدان گـود کـه حـالا فقط نگاهـم می‌کـرد. پـس از روشـن‌کردن سـیگار دیگـری و بالاانداختـن قلپـی دیگـر، مانـده بـودم برگـردم بـه جلسـه یـا نـه. و اگـر برگشـتم، ضمـن پاسـخ بـه پرسش‌ها از نـگاه خـاص مـادرم بگویـم یـا نـه. لیلـی گفـت: «حـالا کـه دلخـوری، دلخـور بمـان تا گرداننـدگان و معترضـان بیاینـد سـراغت.» درسـت می‌گفـت. هیـچ تمایلی به پرسـش و پاسـخ‌های کلیشـه‌ای نداشـتم و ایـن را بایـد دیگـران هـم به‌خوبی درک می‌کردنـد. همچنیـن دوسـت نداشـتم در اوج بحـث ادبی مـرا هـوادار گروه‌هـای چـپ و راسـت بداننـد. همین‌قـدر کـه مـرا داستان‌نویسـی متعهد بـه آگاهی‌بخشـی بشناسـند، کافـی بـود. اسـتفادۀ ابـزاری از ادبیـات را خیانت می‌دانسـتم بـه ادبیـات نـو معاصـر کـه عـلاوه بر نـوع مضمـون و محتـوا، حتی در انتخاب زاویۀ دید و شـیوۀ روایت‌کردن نویسـنده و راوی‌اش سیاسـی اسـت.

گفـت: «می‌مانـی یـا می‌روی؟» جوابـش را نـدادم. زن، پاکشان و ترانه‌خـوان بـا توبـرۀ خالـی امـا دهانـی جنبـان و پیشـانی خامـوش رفـت. وحیـد و چنـد دوسـت سـابق و لاحـق آمدنـد بیـرون. در نگاهـی سرسـری بـه دوروبرشـان مـرا ندیدنـد. مـن اما از آن‌سـوی خیابان شـاهد نگرانی‌شـان بـودم. نمی‌دیدنـد آن‌کـه دنبالـش می‌گردنـد در سایه‌روشـن نورهـای سـبز و

قرمـز مغـازه‌ای بسـته ایسـتاده و در یادآوری‌هـا زنـی را یافته که در آسـمان‌ها دنبالـش می‌گشـته. اگـر می‌گفتم، بعیـد نبـود بـاور نکننـد او همان لیلـی اسـت کـه به‌اتفاق رفتیـم خانه‌اش. هرچنـد می‌دانسـتند که او به‌دلیل کشـتن شـوهر غیرتی سازشکارش توانسـته پناهندگی بگیرد. اما نمی‌دانسـتند یکی از اسـنادش بـه یو.ان. گزارشـی بوده اسـت که مـن در روزنامه‌هـای آن زمان چـاپ کـردم و سـپس داسـتانی نوشـتم پرآب چشـم.

همیـن کـه نگرانـی در چشـم وحیـد و دیگر دوسـتانش به اوج رسـید، دیدم حالاسـت کـه برونـد جلسـه را تعطیـل کنند و یـک خلف وعدهٔ غیراخلاقـی از طـرف مـن رو دستشـان بمانـد. وحیـد را صـدا زدم. او دسـت را سـایبان چشـم کـرد و آمـد طرفـم: «اگـر صـدام نمی‌زدی، بـه پلیس زنـگ مـی‌زدم و می‌گفتم دچـار توطئهٔ آدم‌ربایـی شـده‌ای.» خیره‌خیـره نگاهـم کـرد و دهانـم را بوییـد. یـاد پاره‌هایـی از شـعر شـاملو افتـادم کـه گفـت: ... دهانـت را می‌بوینـد مبادا کـه گفته باشـی دوسـت دارم/ عشـق را در پسـتوی خانـه نهان بایـد کرد...

گفتـم لیلی مجدعلیـان بـا مـن بـود و اتفاقاً از داسـتان گم‌شـدن مادرم در زمـان و مـن در ایـن شـهر حـرف زد... بغلـی را از دسـتم گرفـت، درش را بسـت و گذاشـت تـو جیب کتـم. بعـد بازویـم را چسـبید و غیرمحسـوس تعادلـی بـه من بخشـید و شانه‌به‌شـانه برد جلسـه و ردیف اول نشـاند. لیوانی پـر قهـوه برایـم آورد و اصرار کرد حتمـاً بخورم. بعـد پشـت میکروفن ایسـتاد و شـروع کـرد بـه تشـریح نقـش زنـان در آثار داسـتانی مـن. در ادامـه گفت: «نـگاه حمایتگـر و تحسـین‌آمیز مهرعلـی به زنان نویسـنده چندان بی‌سـابقه نبـوده و نیسـت کـه حالا مثلاً برای خوشـایند کسـی یـا جریانی هدایت‌شـده و سفارشـی بخواهـد از آن اسـتفاده یـا سوءاسـتفاده کنـد. امتیـازی بدهـد و امتیـازی بگیـرد.» او سـپس از کمک‌هـای مادرم به مـن و من به نویسـندگان نوپـا از جملـه لیلـی مجدعلیـان حـرف زد کـه پناهنـدهٔ اجتماعـی بـوده و

خیلی‌ها می‌دانستند داستانی نوشته دربارهٔ گم‌شدن نویسنده‌ای که اتفاقاً نامش کامران مهرعلی است و... سر آخر هم گفت: «من به‌عنوان شاعری تبعیدی از گناه متنفرم، اما مثل داستایوفسکی گناهکاران را دوست دارم. مخصوصاً اگر زنی باشد دست‌به‌قلم و عاشقِ دوست نویسندهٔ ما مهرعلی که حالا به‌رغم گرفتاری‌های شخصی و اجرای برنامه در مجامع بین‌المللی دعوت هم‌وطنان خود را به سخنرانی و پرسش و پاسخ پذیرفته...» بعد شروع کرد به بازگوکردن چند فراز از داستان لیلی تا طی آن من خودم را پیدا کنم.

طوری که من فهمیدم، مضمون اصلی یا محور داستان لیلی، حوالی گم‌شدن نویسنده‌ای در یکی از شهرهای اروپایی دور می‌زد. طبق روایت شفاهی وحید... مهرعلی دنبال زنی قاتل ولی علاقه‌مند به ادبیات داستانی به آن شهر می‌آید تا از او بپرسد آیا شوهرش بر اثر جنون آنی یا ادواری سر بچه‌هایشان را بریده. آیا در این کشتار بی‌رحمانه او هم نقشی داشته غیر از ایجاد سوءتفاهمی به‌نام خیانت؟ به‌عبارت دیگر چون آن نویسنده باورش نمی‌شده پدری هرچند عصبی و در لباس ارتشی قادر باشد بر اثر جرمی اثبات‌نشده یک‌باره بزند بچه‌هایش را بکشد، رنج سفر را به خود هموار می‌کند تا با تقویت رابطهٔ علت و معلولی، سامانی بدهد به داستانش. اما پیش یا پس از طرحِ پرسش‌های خود در آن شهر گم می‌شود.

از دیگر سو، چون مطبوعات داخل کشور اطلاع دقیقی از سفر آن نویسنده نداشتند، از چاپ چنین خبری سر باز می‌زنند. می‌ترسند با درج خبری جعلی، مشکلی بر مشکلات روزمرهٔ خود بیفزایند و سنگرِ رویخ شوند و اخطار سندیکایی یا ارشادی بگیرند. اما اهل قلم فارسی‌زبان ساکن اروپا به تکاپو می‌افتند. هرچند دوستان سابق و لاحق

نویسنده حدس می‌زنند که چون کامران مهرعلی مجرد بوده چه‌بسا فرصت را غنیمت شمرده، جای گرم و نرمی پیدا کرده تا دور از چشم فضول‌باشی‌ها و راپورت‌چی‌های آشکار و پنهان دلی از عزا در آورد و... اما در مجموع چون مهرعلی را نویسنده‌ای عشرت‌طلب و ندیدبدید نمی‌دانستند، از غیبت ناگهانی و رمزآلود او احساس خطر می‌کنند و طی تشکیل کمیته‌ای هر کدام با عکس یا دست‌نوشته و خاطره‌ای به پشتیبانی او برمی‌خیزند.

کسی عکس او را در دفتر مجله‌ای توقیف‌شده نشان می‌دهد و می‌گوید: «این نویسندهٔ مستقل طرفدار طبقات فرودست جامعه، فردی متعهد به آزادی بیان و اندیشه بی‌هیچ حصر و استثنا برای همگان بوده است.» دیگری عکس دورهٔ نوجوانی او را در لباس سراسر مشکی در قبرستان ظهیرالدوله هنگام خاک‌سپاری فروغ فرخ‌زاد نشان می‌دهد که کنار دبیر ادبیات دبیرستان و دیگر شاعران و نویسندگان نام‌آشنا و مشهور ایستاده بود. صاحب عکس می‌گوید: «شاگرد نورچشمی برادر ادیب و دانشمندم بود و صدایی زنگ‌دار و خوش‌طنین داشت. امیدوار بود بلکه اجازه دهند تا شعرِ «به علی گفت مادرش روزی» فروغ را دکلمه کند.»

کس دیگری عکس او را در مجلس عروسی مترجم نمایشنامهٔ ایتالیایی «معجزهٔ پسر یوسف» نشان می‌دهد. کسان دیگری عکس‌های چاپ‌شدهٔ او را در رونمایی کتاب‌ها و سخنرانی‌ها می‌آورند وسط و... حیرت‌آور اینکه معلوم نمی‌شود چگونه و از کجا بریده‌ای از روزنامهٔ قدیمی همراه عکس پرسنلی آن مردِ فرزندکش رو شده است. یک عکس خیلی قدیمی را هم خود راوی، لیلی مجدعلیان به دیگران نشان می‌دهد. در آن عکس، راوی در حال بوسیدن پیشانی پیرزنی با انبوه موی سفید است و پشت عکس با خودنویس نوشته بود: «مادر مهرعلی، رقیب

زن اثیری! او به مـن هشـدار داد؛ چـون اغلـب زنـان نویسنده نمی‌تواننـد با عوام‌زدگـی اغلـب مـردان مقابله کننـد، چه بهتر کـه در آن زندگی دوزیسـتی، زاویـهٔ دیـد اول‌شـخص را کنـار بگذارنـد. بـه سوم‌شخص متوسـل شـوند تا اگـر مضمون و محتوای نوشته‌شـان توسـط متعصبان آشـنا و غریبه زیر سـؤال رفت، بـه شـخصیت واقعـی و بیرونـی آنـان لطمـه‌ای وارد نشـود. بتواننـد در زندگـی عـادی خـود تـا اطلاع ثانـوی از تعـرض شـوهران و حتـی بـرادران و فامیل‌هـای قلدرمـآب و متعصب خـود مصـون بماننـد.» گویـا داسـتان همین‌جـا رها شـده و معلـوم نمی‌شـود مهرعلـی و آن راوی زنِ گریخته‌ازوطن همدیگـر را می‌بیننـد یـا نـه. شـاید هـم وحید بقیـه‌اش را فرامـوش کـرد یـا صلاح ندیـد بگویـد.

آن شـب، وقتـی بـار دیگـر پشـت میکروفن ایسـتادم، ضمـن پاسـخ بـه پرسـش‌های کتبی، سـعی کردم صادقانـه دربارهٔ زندگـی عمومی و خصوصی و نـگاه اکنونـی خـودم بـه کوشـش‌های دو سـه دهـهٔ زنـان نویسنده اعـم از پرفـروش و کم‌فـروش یـا عامه‌پسند، و خاصه‌پسند، حـرف بزنـم بلکـه تا حـدودی بـه آن نگاه‌هـای سـیاهِ سیاه یـا سـفیدِ سـفید در خصـوص زنان پاورقی‌نویـس تعـادل ببخشـم. حال خوبی داشـتم. دیگر مهم نبـود آن جمع منتقـد و معتـرض دربـارهٔ مضمـون و محتـوای مقاله‌ام چـه فکـر می‌کنند. یا بعـداً در جمع‌هـای عمومـی و محافـل خصوصی چـه چیزهایـی می‌گویند. آنچـه مهـم بـود، اینکـه به‌وضـوح اعـلام کـردم کـه هرگـز از بزخـوی آقایان تنـدرو این‌طرفـی و آن‌طرفـی نمی‌ترسـم. هرچنـد خودم در نشـر و گسـترش ادبیات عامه‌پسـند نقشـی نداشـته و نـدارم، امـا از تصمیم دربارهٔ آزادی بیان و اندیشـه حتـی بـرای مخالفان خود دسـت برنمی‌دارم.

پـس از ختم جلسـه و انداختن چند عکس یادگاری تکی و دسـته‌جمعی بـا اتومبیل حمیـد و یکی از دوسـتان لاحق رفتیـم طرف رسـتورانی که گویا

در آن شــراب دست‌ســازی ســرو می‌کردنـد به‌نام ملـک ری. تا به رسـتوران برسـیم، دوسـتان همگـی می‌خواندنـد: «بیـا بریـم تـا می‌خوریـم / شـراب ملـک ری خوریـم/ حـالا نخوریـم کـی خوریـم» یـاد بـوف کـور صـادق هدایـت افتـادم و همذات‌پنداری مـادرم با زن اثیـری و لکاته. همچنین یاد لیلـی مجدعلیـان کـه یکـی از دغدغه‌هایـش ایـن بود کـه چـرا نتوانسـته مثل فـروغ فرخـزاد چنیـن شـجاعانه بگویـد: «گنه کـردم گناهی پر ز لـذت / کنار پیکـری لـرزان و مدهـوش / خداونـدا چه می‌دانـم چه کـردم / در آن خلوتگه تاریـک و خاموش»

همیـن کـه دور میـز نشسـتیم، وحیـد پرسـید: «حـالا بگـو چـرا رفتی آن‌طـرف خیابـان و از بغلـی تک‌خـوری کـردی؟» گفتـم از بـس کـه لیلـی مجدعلیـان از نامهربانی تـو گفت، غمگیـن شـدم. وحیـد طـوری تعجب کـرد کـه ناچـار شـدم بگویم انـگار یـادت نیسـت دارم از زبـان همـان راویِ گم‌شـدن خـودم کـه داستانـش را در جلسـه بازگـو کـردی، حـرف می‌زنـم. از همـان کسـی کـه شـوهرش آمـده بـود او را به‌خاطـر ارتبـاط بـا تو بکشـد و متأسـفانه خـودش کشـته شـد و لیلـی افتـاد تـو دردسـر و کارش کشـید به اینجـا. وحیـد چشـمکی به دوسـتان سـابق و لاحـق زد و برگشـت رو به من: «چـرا نیـاوردی‌اش جلسـه؟» کـه همـه خندیدنـد. اما همیـن کـه گفتـم توی جلسـه بـود، دیگـر نخندیدنـد. وحیـد سـاقی شـد و چتولـی از ملـک ری ریخـت تـوی لیوانـم: «حـالا کـه تو در قصه‌نویسـی صاحب کرسـی شـدی، بگـو بـا آن دوسـت مشـترک قدیمـی دربارهٔ کـدام نامـردی و نامهربانـی من صحبـت کـردی؟ بـد مصـب کـه یکـی دو تا نیسـت.»

همـه چشـم بـه دهانـم دوختند کـه آیـا می‌خواهم بخشـی از آن داسـتان هنوز چاپ‌نشـدهٔ خـودم را روایـت کنـم یا می‌روم طرف گفتن داسـتانی تازه. لیـوان خالـی را برگردانـدم بـه وحیـد. گفتـم آن لیلـی کـه تـو خیلـی بهتـر و

قبل‌تر از مـن می‌شناسی‌اش، آدم پرس‌وجوگـر و شکاکی اسـت. آمـده بود بپرسـد آیـا بـار اول کـه چراغ‌خامـوش با ویـزای توریسـتی آمدم به این شهر و به‌دلیـل روی خـوش نشان‌ندادن و حتـی مخالفـت بـا خواسته‌هایش از دسـتش فرار کـردم، در فـرار مـن تو نقـش مؤثری داشـتی یـا نه.

وحیـد لیوانش را به‌سـلامتی جمـع رفت بـالا. بعـد از مزه‌مزه‌کردن کمی چیپـس و ماسـت و دیگـر مزه‌جـات گفـت: «عجب! عجب! پس طفلـک راسـت گفتـه که تـو قبلاً محض خاطـر او آمده‌ای به این شـهر!» برگشـت رو بـه دوسـتان و ادامـه داد: «می‌بینیـد! رفیـق قدیمـی مـا سـال‌ها پیش تا اینجا آمـده و به من و شـماها سـر نـزده! یک‌کاره، لـم داده ور دل خانـم مجدعلیان و پشـت سـر دوسـتان قدیمی خودش صفحه گذاشته.»

گفتـم محض خاطـر نامه‌های سـوزناک و صادقانه‌اش آمـدم. از فرودگاه یک‌سـره رفتیـم خانـه‌اش. امـا او پـس از برپاکـردن بزمـی مفصـل و دو روز خوش‌گذرانـی بی‌نظیـر، لبـاس رزم پوشـید. آن صـد صفحـه دست‌نویـس را کـه کاغذهایـش هنـوز کهنه و کثیف نشـده بـود، گذاشـت جلـوم. حکم کرد یـا داسـتان را بـا تکنیک‌هـای مـدرن و پسـت‌مدرن بازنویسـی کنـم یـا از آن رمانـی خوش‌خـوان و عامه‌پسـند بسـازم. بعـد ببـرم ایران و به‌نـام او و چـاپ کنـم و عوایـدش را بـرای خـودم بـردارم. وحید گفـت: «عجب!» ادامـه دادم، امـا چـون نتوانسـتم به خواسـتهٔ او تن بدهـم، از راه دیگـری وارد شـد. اعمال قـدرت شـاید واژه‌ای اغراق‌آمیـز باشـد، ولـی هر چه بـود، اصـرار در خوردن غذاهـا و نوشـابه‌ها و دیگـر خوراکی‌هـای بسـیار مقـوی کامـلاً به‌چشـم می‌آمـد. تـا آنکـه بـا دیـدن خسـتگی و بیـزاری و نزاری من، سـر آخـر با کف پـا زد وسـط سـینه‌ام و از تخت‌خـواب بـزرگ و سـفیدش پرتم کـرد پایین. بعد انگار کـه نمایشـنامه بـازی می‌کند، با کارد آشـپزخانه دسته‌صدفی نشسـت رو سـینه‌ام. در حالی‌کـه نـوک کارد را مثـلاً فشـار می‌داد بـه قلبم، فریـاد زد:

«چـرا در حـرف شـجاعتِ امثـال مرا تأییـد می‌کنـی و درعمل حاضر نیسـتی مثـل من بنویسـی؟»

وحیـد بـال مرغی به نیش کشـید و گفت: «عجب! عجب!» ادامه دادم، می‌دانسـت کـه مـن نـوع مبـارزهٔ اجتماعی زنـان امثال او را سـتایش می‌کنم، نـه نـوع ادبیاتـی کـه تولیـد می‌کننـد. همچنیـن می‌فهمیـد هر نویسـنده‌ای پسـند و راه و رسـمی دارد. دایرهٔ لغـات و فلسـفه‌اش بـا دیگـری تفـاوت می‌کنـد. بـه کارکـرد زبـان در داسـتان‌های سـنتی خطـی و داسـتان‌های مـدرن غیرخطـی اشـراف داشـت، امـا خـودش را دسـتِ‌کم می‌گرفـت تـا مـرا وادار بـه مشـارکت کند.

وحیـد پرسـید: «لبـاس رزم لیلـی چطـوری بـود؟» گفتـم، نقـاب قرمـز و شـلوار مشـکی چسـبان و شـلاقی بلند هـم گاهی می‌آورد وسـط... کـه یک‌باره همـه دسـت زدند. وحیـد گفت: «الحق که داستان‌نویس به‌روز و جسـتجوگری هسـتی.» همیـن کـه گفتـم مراتـب اسـتادی شـما بـر همهٔ مـا واضـح و مبرهن اسـت، بـار دیگر همه دسـت زدند و غـش کردند از خنـده. اما وقتی گفتم برای داستان‌نویس مـدرن یافتـن زبان تازه هدف است نه وسـیله‌ای صرفاً بـرای بیان قصـه و داستان... این‌بـار همه سـاکت سـر تـکان دادند.

نمی‌دانـم آن شـب در چـه حـال و هوایـی بـودم و بافت کلام و تُن صدایم چگونـه بـود. دوسـتانی که ابتـدا خندیـده بودنـد، آرام‌آرام انگار شـک کردند کـه مبـادا درصـد بالایـی از گفته‌هایـم دربارهٔ دیـدار خصوصـی‌ام بـا لیلی مجدعلیـان حاصـل تجربه‌هـای عینـی و شـهودی‌ام بـوده و در گذشـته‌ای نه‌چنـدان دور، طـی سـفری توریسـتی به دیـدن او هـم آمـده باشـم و... اینجا بـود کـه آن‌طـرف خیابـان ایسـتادنم در وقت تنفـس، بـرای آنان جدی شـد. پذیرفتنـد کـه در ایـن ماجـرای عینـی ذهنـیِ در حـال تکمیـل، وحیـد نقـش عمـده‌ای دارد و یـک سـر مثلـث عشـقی نافرجام است.

گفتم هرچند لیلی جملهٔ هوشمندانه‌ای در پاسخ پرسش‌های من و طرح مسئلهٔ داستان‌های نو و کلاسیک نگفت، اما به‌عنوان زنی علاقه‌مند به شعر و ادبیات داستانی و زنی نزدیک به من و تو، از ما انتظار داشت بلکه بداقبالی در انتخاب همسرش را جبران کند، که متأسفانه ما هر دو او را در لحظه‌ای حساس و در بحبوحهٔ بحران روحی تنها گذاشتیم.

وحید گفت: «تو داری از کدام لیلی حرف می‌زنی؟» گفتم اگر خودت را به کوچهٔ علی چپ نمی‌زنی و از زیر بار تعهدی انسانی شانه خالی نمی‌کنی، از همانی که اول انقلاب در اوج لحظه‌ای ناب و در عین بی‌تجربگی از تو باردار شد. بعد به‌عنوان دوست تازه‌آشنا آوردی‌اش خانهٔ ما و منِ از همه‌جا بی‌خبر فکر می‌کردم یک دوستی ساده و معمولی بین شماهاست در حالی‌که نطفهٔ تو در شکم او وول می‌خورد و طفلک نمی‌دانست با آن موجود زنده چه کند. در نتیجه چون پولی نداشت که پیش متخصص زنان برود و کورتاژ کند، با همان موجود زنده رفت خانهٔ بخت. در اوج بیچارگی به شوهرش دروغ گفت و سرانجام کارش کشید به قتل. بعد هم فرار از مرز و رسید به همین جایی که می‌بینی. آونگان و سرگردان میان زمین و آسمان. در حالی‌که تو در این‌ور آب انگارنه‌انگار که روزی در وطن نگاری را چشم‌انتظار گذاشتی.

وحید سیگاری روشن کرد و داد دستم: «وای خدای من! چه هیجان‌انگیز و قشنگ! لیلی مجدعلیان از من بچه‌دار شد و انداخت گردن شوهرش؟ کِی؟ کجا؟ چطوری؟ مگر تو ازش خبر داری؟ سال‌ها پیش یک‌بار آمد پیشم. نه نیامد. ولی حالا در تکمیل داستان تو اعتراف می‌کنم که اول برایم نامه نوشت و از اوضاعم در این شهر پرسید. چون دید اهل زن‌گرفتن و بچه‌دارشدن نیستم، نوع درخواستش را عوض کرد، ناچار کمکش کردم قاچاقی از مرز بگذرد. یکی دو سالی پاکستان یا ترکیه ماند. باز هم

کمکش کـردم پناهندگـی بگیـرد. وقتـی آمـد اینجا، از مـن کمکی نخواسـت، ولـی خانـه‌ای سـازمانی نزدیک فـرودگاه برایش گرفتـم. در همان یکـی دو بار رفت‌وآمـد، بخشـی از دست‌نوشـته‌اش را دربارهٔ گم‌شـدن نویسـنده‌ای مشابه تـو خوانـدم. نفهمیـدم که چـرا تـو را این‌همه دوسـت دارد و از من بیزار اسـت. حالا نگو دلخـوری‌اش از آن سـفر زیرجلکی سانفرانسیسـکویی بـوده!...»

هنـگام اعتـراف وحیـد خیاط‌زاده، چشـم بـه دهانـش دوختم تا بیشـتر و بیشـتر بگویـد. او هـم بـا ذوق و شـوق تندتنـد می‌دوخـت و پـاره می‌کـرد و دوبـاره صحنه‌هـا را به‌هـم کـوک مـی‌زد. دوسـت داشـتم بـه وحیـد بگویـم کجـای گفته‌هایـش ضدِانسـانی و ضدِزن اسـت. سـکوت کـردم تا بیشـتر بگویـد. انـگار کـه از دو دنیـای متفاوت جهت همـکاری آمده باشـیم، دیدم می‌توانـم لیلـی و وحیـد را به‌هـر کجـا کـه می‌خواسـتم ببـرم، خـودم هـم بـا غـم و شادی‌شـان شـریک شـوم. بعـد از همدلـی و همـکاری وحیـد در روشن‌سـاختن بخشـی از سرنوشـت لیلی، هرچه گفتم دیگر دوسـتان سـابق و لاحـق طالـب شـنیدن ادامـه‌اش بودنـد. حتی وقتـی از تزئینـات خانهٔ لیلی در ایـن شـهر می‌گفتـم، به‌دقت گـوش می‌کردند. هنـگام توصیـف تابلوهـای کپی‌شـدهٔ روی دیـوار هـال و پذیرایی، یکی‌شـان گفـت: «کار پیکاسـو بود.» دیگـری مقابلـش ایسـتاد کـه: «نه‌خیـر مال سـالوادور دالی یا ون گـوگ بود.»

گفتـم در ایـن ماجرا مهم رفتار لیلی اسـت که پس از پی‌بـردن به دل‌چرکی دو رفیـق قدیمی‌اش از هـم، مـرا دلـداری داد تـا کماکان با تو دوسـت باشـم. حتـی بـرای عوض‌کـردن فضـای ذهنـی مـن شـاید هـم بـرای تکمیل داسـتان خـودش مـرا بـرد بـه آرایشـگاه‌هایی کـه در آن خانم‌هـا مانیکـور و پدیکـور و شـینیون می‌کردنـد. خنـده‌دار بـود، ولـی با اشـتیاق فروشـگاه‌های معـروف و برندهـای مشـهور را نشـانم داد. حتی بعضـی اسـامی خاص و لغات مشـکل را برایـم هجـی می‌کـرد. مثـل مانکن‌هـای حرفـه‌ای طـرز انتخـاب و ترتیـب

پوشیدن لباس زیر و رو را در اتاق‌های پرو به‌نمایش گذاشت. با هم به استخرهای مختلط و سونا و جکوزی و سالن‌های ورزش و یوگا رفتیم. خیلی چیزها یاد گرفتم و آرام‌آرام دریافتم من و تو به انسانی شریف و مستعد که از محله‌های پایین‌تر از ما آمده بود، ظلم کردیم. مخصوصاً تو که خواسته یا ناخواسته یک بچه روی دستش گذاشتی و گریختی.

وحید لیوانم را پر کرد: «تو هم که در تئوری و عمل طرفدار مظلومان جهانی، برای همراهی با دل دردمند زنی تنها مثل از قحطی‌گریخته‌ها حسابی دید زدی و حال کردی!» جوابش را ندادم و در ادامه گفتم چه می‌توانستم بکنم برای او که آرام‌آرام ضمن پرسش و پاسخ‌های مکرر سعی کرد کمبود اطلاعات مرا در خصوص علاقهٔ زنان به خرید لوازم آرایش و لمس لباس‌های جورواجور برای سرزنده و شاداب‌شدن تکمیل کند. طوری که امیدوار شدم می‌توانم همهٔ این چیزها را با خلاقیت‌های هنری و تکنیکی خودم درهم آمیزم و داستان جدیدی در این ژانر ادبی بنویسم. چه‌بسا طرف توجه منتقدان جدی و جماعت صاحب‌نظر دانشگاهی قرار بگیرد و حتی به چند زبان روز و زندهٔ دنیا ترجمه شود... اما بعد دیدم همهٔ این‌ها برای ذهن من برای خواب و خیالی بیش نیست. به‌سرعت برگشتم ایران.

آن شب غیر از یکی دو بار دیگر نه کسی به کسی چشمک زد و نه زیرجلکی خندید. وحید بغلی‌ام را از آن معجون تند و تیز ملک ری پر کرد و گذاشت جیبم: «تو نباید لیلی را از سر خودت باز می‌کردی و لگد به بخت خودت می‌زدی. چون برای شناساندن پسند ادبی امثال او و زحمت کشیدی. پیهٔ انتقادهای به‌حق و ناحق را به تنت مالیدی تا از اهمیت این ژانر ادبی پرفروش حرف بزنی و راه باز کنی به نقدهای دانشگاهی. تو برای خیلی‌ها آشکار کردی که پیشگامان لیلی چه راه‌های صعب‌العبوری را

طـی کـرده و چـه صخره‌هـای بلنـد و دره‌هـای عمیقـی را پشـت سـر گذاشـته‌اند تـا رسیده‌اند بـه ایـن جـادهٔ نسبتاً همـوار تـا از همتایـان مـرد خـود در چنـد دهـهٔ گذشـته جلـو بیفتنـد. خیلـی زحمت کشـیدی که بـا آمار طبقه‌بندی‌شـدهٔ تعـداد عناویـن و تیـراژ و میـزان فروش ایـن نوع کتاب‌هـا، تلاش‌هـای بی‌وقفهٔ زنـان را جلـو چشـم منتقدان یک‌سـونگر و مغرض قـرار دهی. از همـه مهم‌تر، یـاد کـردی از آن نویسـندهٔ زن خفه‌شـده در نطفـه به‌دسـت مـن و خـودت. راسـت می‌گویـی، مـن و تـو در حـق او بد کردیـم.» بعـد رو کرد بـه دیگران و تـا تصدیـق همـه را نگرفت، برنگشـت رو به من.

در حالی‌کـه می‌دیـدم وحیـد در یـک توهـم دوجانبـه مسخره‌ام می‌کند، در دل بـه انشـاگویی خـام او می‌خندیـدم. آرزو می‌کـردم هرچـه زودتر مسـیر شـروع، اوج، بزنـگاه، فـرود و لحظـهٔ هـول‌وولای قصـهٔ لیلـی را طبق هـرم گوسـتاو فرایتـاگ آلمانـی پیش چشـم مجسـم کنـم و بـه آن سروسـامانی قابل‌قبـول بدهـم. شـگفت آنکه دیـدم لیلـی بی‌توجه بـه داستان‌های واقع‌گرا معلـوم نشـد از کجـا یک‌بـاره آمـد و روبه‌رویـم نشسـت. بی‌اعتنا بـه وحید و دیگـر دوسـتان سـابق و لاحق، با آن چشـمان مخمـور پر از مغناطیس سـر تا پایـم را ورانـداز کـرد. دهـان تنـگ نیمه‌بـازش جنبیـد و با صـدای خفـه و آرام گفـت: «بزنـگاه و هول‌وولای زندگی من از جایی شـروع شـد کـه تحت تأثیر بی‌پولـی چشـم از قابله‌های بی‌سـواد کـه چند تـن از دوسـتانم را ناقص کرده بودنـد، ترسـید. در ثانـی از تـرس زخم‌زبـان زن‌هـا و مردهـای در و همسـایه نمی‌توانسـتم بـدون شـوهر رسـمی آن را حفـظ کنم. پس با آن موجـود هنوز بی‌هویـت رفتـم خانـهٔ شـوهر و چند سـال بعـد بهانه دادم دسـت آن نادان تا دو بچـهٔ دیگـرم را هـم حرام‌زاده بدانـد. اگر نمی‌زدم وسط قلبـش و یک‌باره نـاکارش نمی‌کـردم، خـودم را نمی‌بخشـیدم. اگـر انتقـام آن بچه‌هـای نازنین معصـوم را نمی‌گرفتـم، خـودم را نمی‌بخشـیدم. اگر از دسـتش نمی‌گریختم،

خـودم را نمی‌بخشـیدم. اگـر در خـارج کشـور افشـاگری نمی‌کـردم او بـا چه کسـانی وارد معاملـه شـده تـا بچه‌های مـرا حرام‌زاده جلوه دهـد و خودش را تبرئـه کند، خـودم را نمی‌بخشـیدم.»

گفتـم آن روزهـا کـه لیلـی می‌آمـد خانـهٔ مـا و در حـال نگاه بـه من قربان‌صدقهٔ مـادرم می‌رفت، آیـا مثل زن اثیـری یا لکاتـه بـا مغناطیـس چشـم‌هایش تـو را هـم بـه اسـارت می‌گرفـت و از خـود بی‌خـود می‌کـرد؟ آیـا تـو بـه او وعـده و وعیدهـای رنگارنـگ می‌دادی؟ همین کـه دیدم وحید جـواب نمی‌دهـد، برگشـتم رو بـه لیلـی کـه اشـک می‌ریخـت بـه پهنای صـورت و آه می‌کشـید بـه پهنـای سینـه. رو برگرداندم طرف دوستان سابق و لاحـق و پرسشـم را علنـی طرح کـردم. بعد همگی برگشـتیم رو بـه وحید.

وحیـد گفـت: «ایـن قصه مثـل هزار و یک شـب سـر دراز دارد. راسـتش بـرای برپایـی جلسـهٔ امـروز خسـته شـدم. خیلـی خـوش گذشـت، بـرای امشـب کافـی اسـت.» بعـد گارسـون را صـدا زد و پـس از پرداخـت هزینـهٔ میـز گفـت: «تـو رفیق‌ترین رفیـق منی. هرچنـد امشـب زیاده‌روی کردی، ولـی کمـاکان هر گلی زدی به‌سر خـودت زدی. مـن هم راضـی‌ام به رضای تـو و لیلـی.» بعـد اضافـه کـرد: «امـان از نـاف لیلی کـه سـطحش کـم بود و عمقـش خیلـی!» لیلـی کـه رو برگردانـد، مـن هم پا شـدم. هرچه بـود همراه بگـو و بخنـد از هـم جـدا شـدیم و من صبـح روز بعد برگشـتم ایـران. مدتی چنـان افسـرده شـدم کـه حتی نتوانسـتم بـرای روزنامه‌هـا و مجله‌هـا گزارشـی از سـفر فرهنگی‌ام بنویسـم.

۲

حدیث نفس‌های موازی

مـن هیچـی از وحید نمی‌خواسـتم جـز بیان خاطراتـش از آن قهقهه‌زدن‌هـای مستانه در زیرزمیـن پرخاک‌وخـل پـدرش تـا عمـری لحظه‌لحظه‌اش را به‌خاطـر بیاورم و باورم بشـود که در سـرودن اشعار عاشـقانه و بزمی و رزمـی‌اش مؤثـر بـوده‌ام. دلم می‌خواست در فضـای سـرد و غـم‌زدۀ اتاقـش چیـزی بگویـد تا کمـی بخندیم یا گریه کنیـم. اما او مثـل کلوخ چشـم‌دار فقط نگاهـم کرد. حتی نپرسیـد بچـه‌اش دختـر بـود یا پسـر. حتی بـه روی خـودش نیاورد کـه در آن مصاحبۀ رادیـو تلویزیونی بابت هشـت مارس، وقتی اسـم مـرا به‌عنـوان یکـی از استعدادهای بربادرفتـه در آن جامعـۀ مردسـالار آورد، چه عواقبـی بـرای من رقـم زد.

وقتـی وحیـد خیـاط‌زاده، آن دوسـت قدیمـی از راه دور تلفـن زد و با اشـتیاق پی‌جـوی داسـتانی شـد کـه سـال پیـش قـول داده بـودم دربـارۀ او و دوسـت مشـترکمان لیلـی مجدعلیـان بنویسـم، تـازه یادم آمد کـه ماه پیـش مجموعه غزل‌هـای عاشـقانه‌اش را داده‌ام بـه یکـی از ناشـران ایرانـی بـرای چـاپ و... یـادم رفتـه پیگیـری کنـم... امـا او بی‌آنکه پی‌جوی انتشـار اثر خودش بشـود، دربـارۀ طـرح داسـتان مـن در «کافۀ ملـک ری» پرسـید. به‌قـدری بـا ذوق و شـوق از تازگـی رابطـۀ خـودش و لیلـی و آن مانکن‌هـای گچـی حـرف زد و تشـویقم کـرد بـه نوشـتن کـه تـازه یادم آمـد مدتی اسـت لیلـی، آن اسـتعداد هدررفتـه، نامه نوشـته و مـن به‌دلیل تشـدید مشـغله‌های روبه‌افزایـش روزانه ازجملـه سـروکله‌زدن بـا هنرجویان جدید و پرسـتاری از مادر ویلچری‌شـده و بی‌حوصلگـی و افسـردگی و حواس‌پرتـی فطـری خـودم، نخوانـده‌ام. یـا خوانـده‌ام و به‌هـر دلیلـی فراموشـش کرده‌ام. بلافاصلـه پـس از تشـکر و خداحافظـی از وحیـد، نامـه را پیدا کردم. نشسـتم به ورق‌زدن. بلندبالاسـت و خوش‌خـط. نمی‌دانـم بریـده و بخشـی از آن صـد صفحـه را فرسـتاده یا بر اسـاس دیدارهـای گهگاهـی در آن سـفر کذایـی شـرح ماجـرا کـرده اسـت.

هرچنـد پریشـانی و گاه تناقض‌گویـی از سر و روی نوشـته‌اش می‌بـارد، اما تـا حـدودی روشـنگر و در پاسـخ پرسـش‌های مـن اسـت.

... عزیـز مهربـان؛ وقتی از ایـن فاصلهٔ دور زمانی و مکانـی نگاهت می‌کنم، می‌بینـم کمـاکان همـان جـوان صـادق و صمیمـی پیش و پـس از انقلابـی. فقط کمـی چـاق و افتاده‌حـال شـده‌ای. درسـت مثـل خـودم. منتهـا اندکـی بیـش از اندکـی کم‌حواس‌تـر و محتاط‌تـر. طی آن یـک هفتـه ده روز، مـن هـم مثـل تـو حـواس جمع‌وجـوری نداشـتم تـا بـر اسـاس آن بتوانـم دقیـق حـرف بزنـم. آنچه یـادم مانـده، تصویـر خسـته و پریشـان توسـت بیـرون سـالن، جیب‌هـای کت را می‌گشـتی دنبـال سـیگار و بغلـی‌ات. راسـتش را بخواهـی، آن شـب چـون نمی‌توانسـتم شـاهد خودخـوری و عصبانیت تو در مقابل پرسـش‌های کلیشـه‌ای جهت‌دار باشـم، قبـل از تـو از در پشـتی جلسـه را تـرک کـردم، سـاختمان را دور زدم و آن‌طـرف خیابـان زیـر چراغ‌هـای سـبز و قرمـز چشـمک‌زن مغـازهٔ بسـتهٔ دوچرخه‌فروشـی منتظـرت ایسـتادم. مغناطیـس چشـم را فرسـتادم دنبالـت و منتظـر بـودم سرازپانشـناخته بـا همـان سـیگار و بغلـی پـرواز کنی طرفـم. اما تو بعـد از زدن چنـد پُـک و بالارفتـن چنـد جرعـه به‌قـول خـودت: «مثـل نسـیمی مانـده میانهٔ کوچـه‌ای بن‌بسـت» با دیـدن سـیگنال‌های مـن آهسـته رفتی طرف چهارراه. هرچنـد در آن سـاعت شـب هیـچ اتومبیلی پشـت چراغ راهنمـا نبود، امـا تـا چراغ سـبز نشـد پـا روی خطـوط عابر پیـاده نگذاشـتی. حساسـیت‌های تـو نسـبت بـه چـراغ راهنمـا و خطـوط عابر پیـاده هنـوز برای من سـؤال اسـت. چـون مطمئنـم اگر خـودت به‌درسـتی می‌دانسـتی چرا، همیشـه به‌شـوخی برگزار نمی‌کـردی. یـادت می‌آیـد بارهـا مرا کـه بـدم نمی‌آمد همه‌جـور مقـررات را زیر پـا بگـذارم، بـا نـگاه سـرزنش‌آمیز یـا بـا کشـیدن دسـتم بـاز می‌داشـتی؟ روزی خیلـی جـدی گفتی: «همیشـه طـوری از روی ایـن خطـوط سـفید حرکت کن که اگـر خودرویـی بـه تـو زد، بیفتـی وسـط خطـوط سـفید و بتوانـی از ادارهٔ بیمـه یا

صاحب خودرو خسارت بگیری!» بعد قاه‌قاه می‌خندیدی حالا باز هم در این‌سوی مرز تو همان بودی که بودی. به‌نظرم خیلی طول کشید تا چراغ سبز شود و برسی به من.

اما همین که رسیدی، طوری وانمود کردی که انگار قراری داریم و حالا دیرت شده و... بی‌هیچ پروا در آغوشم کشیدی و روبوسی کردی. ولی یک‌باره انگار که دچار نهیبی درونی شده باشی با نگاهی به آن زن قوزی قوه بریشانی، خنده‌کنان پس کشیدی. این ترس‌های آشکار تو دل و ذهن مرا می‌برد به آن سال‌های دیر و دور. آشغال‌جمع‌کن که رفت، تو هم قلپی رفتی بالا و خوشبختانه همان کاری را کردی که نشان می‌دادی از آن می‌ترسی. لب من قلوه‌ای نبود، ولی تو قلوه‌ای می‌دیدی. چاه زنخدانم چندان گود نبود، ولی تو هر چه خواستی گفتی و من هم بدم نیامد، تا تو مرا همان جوری ببینی که دوست داری.

وقتی تعریف‌ها و تمجیدهای تو تمام شد، بار دیگر برگشتیم به حال سابق و تو طبق عادت به جلو پایت خیره ماندی. پرسیدم کجایی؟ گفتی: «مدیریت فستیوال هتل رزرو کرده، ولی اغلب خانهٔ دوستان سابق و گاهی هم پیش دوستان لاحق...» گفتم شب‌ها کجایی؟ بعد از نگاهی غضب‌آلود یک‌باره قهقهه زدی و باز ساکت شدی و باز رفتی تو فکر. به‌شوخی گفتم اگر توی شهر غریب راه‌های دور بروی و گم شوی، پای پلیس می‌آید وسط و همه می‌افتیم توی دردسر! که این بار غش‌غش خنده‌هایت رفت هوا و تازه حالت جا آمد. سیگاری روشن کردی و گفتی: «کجای سالن سخنرانی نشسته بودی؟» گفتم ردیف آخر، حوالی در خروجی اضطراری. باز هم خندیدی. من هم خندیدم. تازه دیدم خیلی شبیه هم می‌خندیم. پف زیر پلک‌هایمان دوبرابر می‌شد. چشم‌هایمان آب می‌افتاد و چال نه چندان عمیقی دهان باز می‌کرد روی

گونه‌هایمان که دیگر مثل سابق پوست شادابی نداشت. حیف که تو چاه زنخدان نداشتی، یا داشتی و من ندیدم اندازهٔ چاه زنخدان من گود باشد.

از نگاه مضطرب آشکار و پنهانت دریافتم تا خوبِ خوب دوباره پیدایم نکنی و به‌جا نیاوری، با من یکی نمی‌شوی. حق هم داشتی. سال‌ها هرچند درونی به‌هم نزدیک بودیم، ولی بیرونی دورِ دور. می‌ترسیدی چیزی بپرسی و جوابی بشنوی که دوست نداشته باشی. می‌ترسیدی آشکارتر بشوم و آنی نباشم که انتظارش را داری. در این ترسیدن‌ها و لرزیدن‌ها و تردیدها و تردد‌ها بین عین و ذهن، همانی را نیابی که آن‌همه دنبالش می‌گشتی. همانی که ساعت‌ها با زمزمه‌های آرام نقش خیال و بودن در همه‌جا و هیچ‌جا با او حرف می‌زدی.

می‌دیدم که نگاهت به من است و پس ذهنت به جلسه فکر می‌کنی. گفتم که خوشحالم در آن جمع شلوغ مردانه دربارهٔ ادبیات زنان حرف زدی. نگفتم که چرا مرا در آن جمع ندیدی، یا چرا تعداد کم زنان به چشمت نیامد. به‌جایش گفتم خیلی خوشم آمد که گفتی: «لیلی سیاه‌مو و مهری سفیدموی من در تقویت تخیل این حقیر سراپا تقصیر و دیدن زنان سخت‌کوش رمان‌نویس پس از انقلاب مؤثر بوده‌اند.» در آن جمع کسی جز من نمی‌دانست که قصد تو سپاس از من و مادرت بود. منی که طی دو سال قبل و پنج سال بعد از انقلاب چه آرزوها و خواسته‌هایی داشتم و چگونه بر اثر سوءتفاهمی احمقانه به‌جای نویسنده‌شدن، قاتل شوهری از آب در آمدم که تفاوت دست‌نوشته‌های اول‌شخص و سوم‌شخص را نمی‌دانست. کسی که تفاوتی میان داستان و خاطره‌نویسی روزانه و هفتگی قائل نبود و معنای حریم شخصی شریک زندگی‌اش را نمی‌فهمید. چیزی که خودت هم در پرسش و پاسخ‌ها به آن اشاره کردی. با خودم فکر کردم تو نویسندهٔ عزب‌پیشه حتماً یاد

مـن بـوده‌ای کـه هشـدار مـی‌دهـی بـه عمـوم تا دیگـر سـر خـود نرونـد بالاسـر نوشـته‌های خواهـر یـا بـرادر یـا زن و شوهرشان و بـا عجله قضاوت نکنند.

نگاهـت می‌کـردم و می‌دیـدم همان جـوان فـداکار گذشـته‌ای و حالا در پختگـیِ پنجاه‌سـالگی بیشـتر قضایـا را از منظـری دیگـر می‌بینـی. از لحن خویشـاوند و بی‌حب‌وبغـض تـو خوشـم آمـد. مهـم اسـت کـه کسـی صـد تا گوش شـنوا پیـدا کنـد و فقـط از توانایی‌های خـودش حرف نزنـد. راضی نشـدی بـا پیچیده‌گویی‌هـای مثلاً فلسـفی یـا پیچیده‌نویسـی‌های تکنیکـی بیـن دو صندلـی بنشـینی و مهملـی تحویـل شـنوندگان خـودت بدهـی و دست‌به‌سرشـان کنی.

ایـن خصیصـه در آن وقـت بـرای مـن نعمتـی بـود کـه نمی‌توانسـتم از دسـت بدهـم، اما چون نمی‌خواسـتم در بازگشـت به آن سـرزمین گل و بلبل و سـرگیجه، احیانـاً پاسـخ‌گوی آقایـان مته‌به‌خشـخاش‌گذار باشـی، صـلاح ندیـدم بلنـد شـوم و ضمـن معرفـی خـود در دفـاع از مقالـهٔ تو حرف بزنم و ناچـار از سـالن بیـرون آمدم. شـاید هـم حوصله نداشـتم، سال‌هاسـت کنار یـا جلـو چشـم دوسـت‌های جان‌جانی سـابق و لاحق تـو بـوده‌ام. آن‌ها پاک فرامـوش کـرده بودنـد کـه مـن هـم در همین شـهر زندگی می‌کنـم. زنی روی دسـت خـود مانـده و افسـرده، امـا نـه از آب‌وگل درآمده مثل خودشـان.

از حـق نگذریـم مدتـی در بـدو ورودم بـا اسـتقبال پرشـور هم‌وطن‌هـا روبـه‌رو شـدم. بعد کـه دیدنـد تمایـل یـا سـوادش را ندارم تـا بـا جمله‌های پیچیـده در بازی‌هـای زبانـی طـوری حـرف بزنم کـه رنگ علمی‌تری بـه خـود بگیـرد، همچنیـن قادر نیسـتم بـه سـاز گروهشـان برقصـم و آنی بشـوم کـه می‌خواهنـد، رهایـم کردنـد. آن شـب به تو نـگاه می‌کـردم و مانـده بودم تـو بـا مـن چـه خواهـی کـرد، آیـا شـور و شـوقت را بـرای پشـتیبانی از مـنِ بی‌کـس‌وکار از دسـت می‌دهـی یـا مشـتاقانه کمکـم می‌کنی تـا بـار دیگـر

شـروع کنـم بـه نوشـتن و شـکفتن تـا بـه آرزویـم برسـم. مانـده بـودم اگـر خوش‌برخـورد و بدبدرقـه باشـی، آیا خودم هم شـور و شـوقم را نسـبت به تو از دسـت می‌دهـم یـا بـار دیگـر اسـیرت می‌شـوم.

یـادت اسـت دورهٔ جوانـی تـو و وحیـد از واژه‌هـای اثیر و مسـیر، لکاته و ملکـه و ملکـوت چـه ایده‌هایـی می‌گرفتیـد و چـه پرت‌وپلاهایـی می‌گفتید و چقـدر مـرا می‌خنداندیـد؟ هرچنـد درسـت نمی‌فهمیـدم چـه می‌گوییـد، ولـی همـراه شـماها می‌خندیـدم. یـادآوری ایـن پرسـش‌ها و آن بحث‌هـای شبه‌روشنفکری حوالی کافه نادری در عین شادی‌آفرینی بـرای مـن، هنـوز هشـدار و نشـانه اسـت کـه بپذیـرم وصلهٔ جـوری نبـودم بین شـماها. قبـول داری هـر خاطرهٔ ناگـواری، انگار حلقـه‌ای اسـت از زنجیرهٔ حوادث ناخوشـایندی کـه در طـول زمـان رخ داده؟ حتی جدایی من و تـو و وحید در حوادث آن سـال‌های پرشوروشـر انقلاب ضـرورت یا نمادی بوده اسـت از سـلطهٔ آن سرنوشـت مقدر تـا زنـده بمانـم و حـالا رودررو یـا کنار هـم قرار بگیریـم و مـن شـاهد تلخ‌کامـی بیشـتری باشـم. بـاور کـن به‌رغم این‌همـه تـلاش بـرای عوض‌کـردن طبقـه و قشـرم، کمـاکان همـان دختر صـاف و صـادق سرتق بی‌خانمانی هسـتم کـه تصادفی سـوار اسـب چمـوش این زندگی شـده و تـوان رام‌کـردن یـا پایین‌پریـدن از آن را نـدارد.

بگذریـم از ایـن حرف‌هـای دل‌آزار. حـالا پشـت همـان میزی نشسـته‌ام کـه قـرار بـود دست‌نوشـتهٔ صدصفحـه‌ای‌ام را بخوانـی. می‌خواهـم ضمـن تکمیـل داسـتان بگویـم چـرا اجبـارت می‌کـردم بـرای اصـلاح یـا ادامهٔ آن داسـتان. گوشـه‌ای از سرنوشـت تـو بـود به‌صورتی کـه مـن طراحـی کـرده بـودم. مفقودشـدن نویسنده‌ای بـا مشـخصات تـو در یکـی از شـهرهای اروپـا کـه بعـد معلـوم شـود جایی نبـوده اسـت جـز زیرشیروانی مـن، که می‌توانسـت داسـتان جذابـی باشـد. امـا همیـن که پـس از سـال‌ها دیدمت،

انگار دوباره محور اصلی و مرکز ثقل نوشته را گم کردم. راستش پس از نگاهی جدی‌تر به شکل و شمایل و شخصیت جاافتادهٔ تو نمی‌دانستم چطوری پیش بروم که در عین جذابیت از شخصیت الان تو چندان دور نباشد. گاهی چهره‌ات مثل شبحی گرفتار در مه در ذهنم نمایان می‌شود. گاهی هم روشنِ روشن و خودم را حوالی سایهٔ گستردهٔ عاطفهٔ تو احساس می‌کنم. سراسیمه می‌آیم آن طرف آن خیابان اصلی میان دو خیابان فرعی ساقی و باقی. درست همان‌جایی که در آن گزارش روزنامه ترسیم کردی. کنار خط عابر پیادهٔ خیابان نزدیک خانه‌ات می‌ایستم بلکه بیایی تا من چهره‌به‌چهره دربارهٔ فاجعهٔ شوهر و بچه‌هایم و دست‌نوشته‌های محبوبم دقیق‌تر از پشت تلفن حرف بزنم و راهنمایی بخواهم. بگویم شوهرم برای بقایای خودش، یا به‌تعبیر عامه سیرکردن شکم زن و بچه‌هایش در مصالحه‌ای ننگین چنان متعفن شد که مرا هم قربانی یا طعمهٔ خود ساخت. همهٔ طرح‌های داستانی و دل‌نوشته‌های ادبی و یادداشت‌های پراکندهٔ مرا خواند و از فرط عصبانیت و نادانی واقعیت پنداشت. مظلومیت من و هنرم سرش را بخورد حتی، مظلومیت بچه‌های من و خودش را ندیده گرفت و همه را سپرد دست رئیس اداره‌اش. چگونه بگویم که دیگر توان شنیدن بوی کج‌فهمی‌ها، از آن بدتر مشغلهٔ اضافه‌کاری‌های یواشکی‌اش را نداشتم. اما به‌خاطر بچه‌ها حاضر بودم با کمبودهایِ مادی و معنوی‌اش بسازم، به‌شرطی که او هم مرا در قالب خودم قبول می‌کرد.

سعی دارم همه‌چیز آن حادثهٔ شوم را فراموش کنم و بیشتر بپردازم به خودم و خودت. به‌قول تو با واقع‌گرایی هنری به مقابله با رئال معمولی و مرسوم بروم. گاهی فکر می‌کنم مناسب‌ترین نقطهٔ شروع رمان، پایان سخنرانی توست. آنجا که گفتی: «یادمان باشد شهرزاد نمونهٔ کلاسیک

زنانـی اسـت کـه بـا به‌کارانداختـن زبـان شـیرین و قانع‌کننـدۀ قصه‌هایـش، سـر سـبز خـودش و خیلـی از دختـران هم‌عصـر خـودش را از خطـر مـرگ رهانیـد.» آنچـه در آن جلسـه بـرای مـن و امثال من که متأسفانه زیاد نبودیم مهـم بـود، عـلاوه بـر تأثیـر لحـن امیددهنـده، حقیقتی بود کـه تـو از اعماق مـه یـا از زیـر خروارهـا خـاک بیـرون کشـیدی، هـم حرکـت بطئی و نقش پنهـان زنـان را در طـول تاریـخ قصه‌گویـی نشـان دادی و هـم حاضـران را با صدایی تـازه روبه‌رو کردی.

بعیـد نیسـت آن‌هـا هـم مثـل مـن کسـی را دیدنـد که فقـط و فقـط بـرای معرفـی خـودش نیامـده. با تحمـل رنج سـفر، آمـده بگویـد چگونـه می‌توان پدیده‌هـا را از هـم تفکیـک کـرد. هـر یـک را در جایـگاه زمان و مکان خود به‌جـا آورد و چگونـه جداجدا به‌نقد کشـید. آمـده بگویـد با هرچـه مخالفیم، در چهارچـوب خـودش مخالف آن باشـیم. مثـلاً تن‌دادن به پوششـی خاص الزامـاً ربطـی بـه انتخاب نـوع تکنیک‌هـای روایی آن‌ها نـدارد. هر نویسـندۀ مخالفـی هـم الزامـاً افـکار مترقی نـدارد، و پیشـرو در به‌کارگیـری تکنیک‌های نـو داستان‌نویسـی نیسـت. همچنین در نقد، شـرایط زیسـتی نویسـندۀ اثر و تاریـخ نـگارش و چاپ آن را در نظر بگیریم. سـری بچرخانیـم طرف اوضاع اجتماعـی کـه آن نوشـته را پدیـد آورده. همچنیـن یادمـان نـرود کـه قرن‌هـا زنـان حتـی آن‌هایـی که سـواد خواندن داشـتند، حـق نوشـتن نداشـتند مبادا کـه مثـلاً بـرای پسـر همسـایه نامه بنویسـند و اسـیر دسـت شـیطان شـوند و خدای‌نکـرده چشـم و گوششـان باز شـود.

می‌دانـی خیلـی دوسـت داشـتم تصویـری از ظاهـر تـو بدهـم؛ پـس از مدت‌هـا باعـث شـدی لبخندی بـر لبانـم بیاید. تـو بـا آن پیراهـن و کراوات آبـی و زنجیـر بلنـد نقـره‌ای عینکت نماد خوشـایندی شـده بودی بـرای من. زنجیـر عینکـت وقتـی روی سـینه‌ات می‌افتـاد، مثـل گردن‌بنـدی زنانـه بـا

هـر ایـن پـا و آن پـا کردن و دسـت تکان‌دادن تـو آونـگان و درخـشان به‌نظر می‌رسید. طـوری ظاهـر شـده بـودی کـه همـان ده پانـزده دختـر و زن حاضر در جلسـه شـادمانه و حتـی عاشـقانه لبخنـد می‌زدنـد و مـن هـم سرشـار از غـروری پنهـان لـذت می‌بردم. خـودم شـنیدم بعضی‌هـا گفتنـد کـه مهرعلی مثـل روشنفکرهای مرفه و خوش‌سـلیقۀ دهۀ چهـل و پنجـاه شمسـی لبـاس پوشـیده، همان‌جـور شـیک و تروتمیـز و... کـه مـن خیـلی دوسـت داشـتم. هرچنـد می‌دانسـتم در رفـاه کامـل نیسـتی، امـا هرچـه هسـتی، خـودت هسـتی. و مـن همیـن را دوسـت داشـتم؛ نوعـی دهن‌کجی هـم بـود بـه اجبارهـای مرسـوم خانـۀ پـدری یا مـادریِ گربه‌سـان.

می‌دانم یادآوری گذشـته هم خوش‌حالت می‌کند، هم بـه کارت می‌آید... کاش پاییـز و زمسـتان بـود و مثـل سـال‌های پیـش از انقلاب شـال‌گردنی سـرخ و بلنـد می‌انداختـی و موهـای بلنـدت را از پشـت سـر بـا کش سـیاه می‌بستی. همـان می‌شـدی کـه مـن در دیـدار اول (همـان چهارشنبه‌سـوری نزدیک یتیم‌خانـه) دیـدم و بعـد در کافـه نـادری عاشـقش شـدم. افسـوس کـه به‌دلیل ناپختگـی طـوری به‌زبـان آوردم کـه تو دچار سـوءتفاهم شـدی و مدتی فاصله گرفتـی. به‌قول آقا یا خانمی نویسـنده یا شـاعر: «انسـان تنها آفریده‌ای است کـه گاه قادر نیسـت همانی باشـد کـه دوسـت دارد، یا دیگران دوسـت دارند.» مـن امـا از آدم‌هـای خوش‌پـوش و پیـرو مـد روز، از کسـانی کـه دستشـان بـه دهنشـان می‌رسـد و بی‌غـم نـان زندگـی می‌کننـد، خوشـم می‌آید.

پیـش از انقـلاب هـر وقـت تـوی کافـه نـادری هـم را می‌دیدیـم و گـپ می‌زدیـم، به‌خصـوص تابسـتان‌ها کـه در حیاطـش موسـیقی زنـده گـوش می‌کردیـم، دچـار ایـن خوش‌بینـی می‌شـدم کـه چنان بـا هـم یکی شـده‌ایم که کسـی هرگـز نمی‌توانـد مـا را از هـم جدا کنـد. اما همین کـه از کافه می‌آمدیم بیـرون و کمـی بیـن مـردم قـدم می‌زدیـم و لحظاتـی بـه سـکوت می‌گذشت،

آن همه خوش بینی ها جایش را به یأسی دلگیر می داد. اغلب مثل مرغ سرکنده بال بال می زدی بروی جایی خلوت و شروع کنی به نوشتن. روزی در پاسخ تعجب من گفتی: «به قول یارو گفتنی حالا باید مثل نویسنده های سر به هوا در لایه های غمگین باد لحظهٔ عریانی آدم های خبیث را ببینم، نه تو را که مثل نسیمی شاد در گذری.» خیلی کنجکاو بودم بفهمم این جملهٔ قصار چه معنایی دارد. شعر است یا نثر! دفعهٔ بعد وقتی پا سفت کردم و رفتار متفاوت درون و بیرون کافه را به رخت کشیدم، گفتی: «هر سخن جایی و هر نکته مکانی دارد.» مهارت کامل داشتی تا با دم دستی ترین جمله ها دست به سرم کنی. شاید هم فهم ساده ام را عمق ببخشی.

روزهای بدی را می گذراندم. نه تو برادرانه دل به دلم می دادی نه وحید عاشقانه. تو حالا هیچی. او هیچ به روی خودش نمی آورد که در بده بستانی هرچند سرخوشانه و دلخواه در من تغییراتی پدید آمده و در او چیزی جابه جا نشده است، جز آمدن حسی از غرور مردانهٔ خوشایندی مثلاً در تسخیر قلعهٔ دختری سرتق و مغرور. راستش در حد خود نمی دیدم عجز و لابه یا ادعای طلبکاری کنم، می ترسیدم بگویم دارم مادر می شوم و یک باره ضمن پذیرش شکست، فرسنگ ها دور شوم از فضای ذهنی و زبانی تو و وحید. درست این است که بگویم می ترسیدم دست پرقدرت سرنوشت بر اثر یک بلهوسی ساده مرا برگرداند به همان خط سیر سرنوشت دختران فراری بی خانمان تا در آن دست و پا بزنم.

(به دلیل حفظ مشخصات راوی، یک سطر را خودم حذف کردم.)

با این حال یادم است روزی در اقدامی عجولانه و جسورانه آمدم سراغت

بلکه با افشای رازم حس همدلی تو را برانگیزم و علیه وحید بشورانم. امیدوار بودم در رابطه‌ای عاطفی فداکاری کنی و مرا علاوه بر گوشه و کنار زندگی درونی، در زندگی بیرونی خودت هم نگه داری. وسوسه‌ات کردم برویم یکی از هتل‌ها یا مسافرخانه‌هایی که عقدنامه یا شناسنامه نمی‌خواستند. اما تو محتاط‌تر از آن بودی که جز همدلی ادیبانه و روشنفکرانه پاسخی بدهی. می‌دیدم درگیری تو با ذهنیات خودت، خلوتی شایسته طلب می‌کند. خلوتی که من هم می‌خواستم و نمی‌دانستم چه کنم با این سرنوشت تحمیل‌شده. اعتراف می‌کنم گاهی یادم می‌آمد تو و وحید هم خیلی چیزها را نمی‌دانید، خودم را با شماها مقایسه می‌کردم و در آرزوی داشتن همسری، خانواده‌ای همسو با افکارم می‌سوختم.

(به شرح پرانتز قبل دو سطر حذف شده است.)

حالا یادم آمده حوالی کافه نادری پس از سکوتی همراه لبخند، گفتی: «بنا به وصیت محضری پدرم تا وقتی مادرم زنده است و شوهر نکرده من حق ندارم زن بگیرم. شوربختانه او هم با مرور خاطراتش روزبه‌روز جوان‌تر می‌شود و من روزبه‌روز پیرتر. تنها راه‌حل این است که یا آستین بالا بزنی و شوهری برای مادرم پیدا کنی یا روزی که من خانه نیستم، بروی او را بکشی. ولی مواظب باش او را قیمه و قورمه نکنی و به خورد من و عموکوچکه و خواهربزرگه‌اش ندهی!» با گفتن این جملهٔ بی‌لبخند خیلی بدجنسی کردی. ترجیح می‌دادم به ساواکی‌هایی اشاره کنی که قصد دارند مخالف‌های خوشنام مستقل را بدنام و منحرف جلوه بدهند. یا بهانه‌های دیگری بتراشی مثل بی‌پولی یا تنفر از ازدواج و... گاهی در دل به بی‌احساسی تو بابت ندیده‌گرفتن اندام موزونم

لعنـت می‌فرسـتادم. گاهـی هـم حـق می‌دادم بـه تـو تـا بـا بی‌اعتنایـی بـه من، عشـق واقعـی خـودت را جلوه‌گر کنی.

بـار دیگـر پرسـیدی: «تـو سـخنرانی مـرا شـنیدی؟» تعجـب کـردم از آن‌همـه شـک و بی‌اعتمـادی. بعـد پیـش خـود گفتـم شـاید آلزایمـر خفیـف گرفتـه‌ای. ناچـار نشـانی دادم کـه چگونـه حامیـان واقع‌بیـن جنبـش زنـان دسـتاویز خوبـی یافتنـد بـرای نقـد مضمونـی و محتوایـش داستان‌نویسـان مـرد عامه‌پسـند قبـل از انقـلاب و... وقتـی همه‌چیـز یـادت آمـد، پرسـیدی: «می‌دانـی چـرا بـا وجـود آن‌همـه زن باسـواد کـه در اداره‌هـای مختلـف و سـطوح بـالای مدیریتـی کار می‌کردنـد، این‌همـه فیلـم سـاخته می‌شـد از زنـان مطبخـی و جوانمردهـای چاله‌میدانـی یـا دخترهـای فـراری؟» بعـد هـم حـدس زدی بعیـد نیسـت توطئـهٔ فرهنگی یا خطی سیاسـی بـوده برای بازگشـت بـه نـوع زندگـی عصـر حجـر در آینـده‌ای نه‌چنـدان دور.

انـگار کـه آه و افسوسـی از نهـادت برآمده باشـد، بی‌معطلـی دو قلپ پیاپی رفتی بالا. سـیگار دیگـری روشـن کـردی و دودش را حلقه‌حلقه فرسـتادی هوا و سـر آخـر، دودی مثل نیـزه یا تیری از چلـهٔ کمان دررفته از وسـط حلقه‌ها رد کـردی و زدی وسـط حلقـهٔ اول کـه حـالا به‌شـکل قلب در آمده بود. پرسـیدی: «آیـا مـن و تـو تـا ابد عاشـق اما غریبـهٔ آشـنا می‌مانیـم؟» بعد با سـری خمیده و چشـم‌هایی خمـار برگشـتی رو بـه مـن. طوری کـه نزدیک بـود گوش‌هایمان بچسـبد به هم و سـربه‌سر شـویم. دلم می‌خواسـت سـر آشـنا و پرعاطفه‌ات را بگیـرم و بگـذارم در گودی شـانه‌ام و تـا زنده‌ام همان‌جـا نگهش دارم.

می‌دانسـتم از بی‌خوابی‌هـای ایـن چندروزه در عذابـی و سـرگیجه گرفتی، نشسـتم روی نیمکـت چوبـی نزدیـک میله‌هـای مـوازی پـارک دوچرخـهٔ فروشـگاه ورزشـی. امیـدوار بودم سـرت خودبه‌خـود بیفتد وسـط انحنای گردن و شـانه‌ام. مشـابه همان صحنه را در یکی از داسـتان‌های خودت خوانده بودم.

در آن نوشته، زنی تازه‌سقط‌جنین‌کرده لخ‌لخ‌کنان پابه‌پای راوی از چراغ قرمز راهنما می‌گذرد. در آن‌سوی خیابانی پهن و پردرخت روی جدول سیمانی جوب می‌نشیند و سرش را می‌گذارد روی شانهٔ راوی اول‌شخص قهرمان و آن راوی مثل قدیسی شفابخش دست نوازشی بر سر زن می‌کشد. اشک‌هایش را پاک می‌کند. دلداری‌اش می‌دهد که چون در بیمارستان یا تیمارستان کار گرفته و صاحب درآمد شده، حالا حتماً شوهرش به این کورتاژ به دیدهٔ اغماض نگاه می‌کند. اجازه می‌دهد او در ساعات فراغت بیشتر و بیشتر بخواند و بنویسد و به آنچه دوست دارد، برسد.

آن زن هم پس از یافتن آرامشی نسبی با تاکسی می‌رود خانه‌اش و منتظر عکس‌العمل شوهرش می‌شود. راوی قهرمان هم با حالی خوش احساس می‌کند ضربان قلبش با ضربان قلب آن زن هماهنگ است و... یادم می‌آید همان وقت گفتم ای‌کاش من جای آن زن بودم و با تو صیغهٔ خواهر برادری می‌خواندم و هر کسی می‌پرسید چرا دستش را گرفتی یا چرا او دست نوازش بر سرت کشید؟ می‌گفتم من از پستان مادرش شیر خورده‌ام و خواهر و برادر رضاعی هستیم. مجازم بپرسم اگر جای من بودی، بین انداختن یک جنین اصطلاحاً حرام‌زاده و دروغ‌گویی به شوهر کدام را انتخاب می‌کردی؟

برگشتی رو به من و انگار که از عمق رفاقت وجودت حرف می‌زنی پرسیدی: «عزیز جان، مگر بعد از این‌همه سال باز هم کابوس آن بگیروببندهای دههٔ اول را می‌بینی؟» مانده بودم چه بگویم. خوش‌حال شدم که طبق عادت همیشگی در اوج احساس همبستگی و صداقت، عزیز جان خطابم کردی. یک‌باره رفتم به ایام جوانی که بعد از دو سال درجازدن رسیدم به پای گرفتن دیپلم متوسطه، پا دنیایی از نقشه‌های دور و دراز و خوش‌خیالی به فکر کنکور سراسری بودم. در حالی‌که

بدون کلاس تقویتی حتی نمی‌توانستم دیپلم بگیرم. پدر وحید، خیاطی دست‌به‌جیب و پابه‌خیر بود. سر کوچهٔ مدرسه و پرورشگاه ما خانهٔ سه‌طبقهٔ دوبَری داشت با روکار آجربهمنیِ ارزان‌قیمت. می‌دانست اجازه نداریم صدقه قبول کنیم. با هماهنگی سرپرست پرورشگاه و مدیر دبیرستان زیرزمین مخروبهٔ خیاط‌خانه را داد دست من تا تمیزش کنم. سروسامانی به ماکت‌های سرودست‌شکسته و رنگ‌ورورفتهٔ صاحب قبلی بدهم. زیرزمین را آماده کنم برای فروشگاه مثلاً لباس عروس.

من هم ازخداخواسته ساعت‌هایی از روزهای عادی و تعطیل جاروبه‌دست با در و دیوار کارتُنک‌بسته و تک‌تک ماکت‌های دماغ‌شکسته و انگشت‌پریده، نشسته و لمیده و ایستاده در آن زیرزمین از آرزوهای خودم می‌گفتم و غبارروبی می‌کردم. گاهی در و دیوار را رنگ می‌کردم و گاهی چسب مایع می‌زدم به مچ دست‌ها و پاها. یک عالم لاک قرمز مالیدم به لب‌ها و مثلاً ناخن انگشت‌ها. آن‌قدر با آن‌ها حرف زدم و زدم که روزی کارگرهای زن طبقهٔ بالا آمدند پایین و ضمن کمک گفتند تو دختر خوشگل و بااستعدادی هستی، اگر دیپلم بگیری با این سر و زبان حتماً زن آدم پول‌داری می‌شوی. آن‌وقت بی‌غم نان شروع می‌کنی به نوشتن و کم‌کم به آرزوهایت می‌رسی و... انگار همه دست‌به‌یکی کرده بودند اعتمادبه‌نفسم را ببرند بالا تا یادم برود گرفتن دیپلم و ورود به دانشگاه یک رؤیاست.

زیر لب گفتی: «خیاط‌خانهٔ پدر وحید جاست بهترین جاست برای محل تلاقی و ایجاد بحران.» بعد با نگاهی تشکرآمیز به من فهماندی که به یکی از پرسش‌های اساسی تو دربارهٔ خودم پاسخ داده‌ام. یا راهنمایی کرده‌ام، و چه بهتر که ادامه بدهم. گفتم ممنون که سال‌ها نه به‌عنوان دوست‌دختر بلکه به‌عنوان خواهری بی‌کس‌وکار و علاقه‌مند به ادبیات

کـه پیشانی‌نوشتی جـز بدبختی و شـوربختی نـدارد، دل به دلـم دادی. حالا هـم مـی‌دانـم کـه کنجکاوی بدانی کجـای زندگـی دچـار تعلیق شـده‌ام تا بی‌آنکـه خـودت در تعلیق‌هـا و تعلق‌هـای مـن گرفتار شـوی، کمکم کنی تا بـه آرزوهایـم برسـم. آرزوهایی که خلاصه مـی‌شـد در داشـتن رفـاه حداقلی و در سـایهٔ آن فعالیـت هنـری یـا نوشـتن و نوشـتن و چاپ‌کردن و سـری تـو سـرها درآوردن و فـرار از گذشـته‌ای درب‌وداغـان و مایـهٔ خجالت!

گاهـی نگاهـم مـی‌کردی و گاهـی در خود فـرو مـی‌رفتی. پکی به سـیگار مـی‌زدی و خیـره مـی‌شـدی بـه زمیـن. بعـد بـه زمیـن و زمـان و طـرز فکـر قرون‌وسـطایی برخـی آقایان ناسـزا می‌گفتی کـه چرا چنـان روش‌هایی اتخاذ کرده‌انـد کـه امثـال مـن بر سـر چنیـن دوراهی‌هـای نفس‌گیـری قـرار بگیرند و... آن‌قـدر فحش‌هـای چاروادار‌ی دادی کـه ناچـار شـدم بـرای جلوگیـری از تحقیـر خـودم بگویـم در شـرایطی هسـتم کـه اگـر بخواهـی به‌کمک وکیل مـدرک جـور کنـم و پیـش خـودم نگهـت دارم. سـوراخ‌سـنبه‌های شـهر را نشـانت بدهـم تـا بتوانـی در داسـتان‌های جدیـدت از مناسـبات زندگـی در غـرب بنویسـی و طـرحـی نـو در انـدازی. آثـارت ترجمـه شـود و... بعـد از نطـق خـودم و آن خنـدهٔ بلنـد و نـگاه عاقل‌اندرسـفیه تـو تازه یـادم آمـد کـه حـالا گرفتـن پناهندگـی بـرای تـو مثل آب‌خوردن اسـت. امـا منتظـر بودم بـا جملـه‌ای دلجویانـه مثلاً تشـکری خشـک‌وخالی بکنی. ولی تـو هیچی نگفتـی. حتـی از یـک ببخشید سـاده دریغ کـردی. دلخور شـدم، ولی چون دیـدم اشـتباه از خـودم بوده، بخشـیدمت.

بعـد از سـکوتی نه‌چنـدان طولانـی، گفتی: «بارهـا خـواب دیـده‌ام برگشـته‌ایم بـه همان سـال‌های جوانـی. از خیابـان پرپیچ‌وخم سـاقی می‌رویم طـرف خیابـان نعل‌اسـبی باقی. امـا روکار اغلـب خانه‌هـا آجربهمنی قرمز و سـنگ‌های قهـوه‌ای و اخرایـی اسـت. و هیچ‌کـدام آنی نیست کـه مـن و تو و

وحیـد می‌خواهیـم. در خیسـی و خلوتـی هـوای مه‌آلـود شـهری اروپایی پیش می‌رویـم رو بـه ناکجـا. مـن از چیـز موهومـی می‌ترسـیدم. وحیـد از چـاپ کتاب‌هـای کم‌تیـراژ شعرش با هزینهٔ خـودش، از ناچیزی حقـوق پناهندگی، از دردسـرهای کارهـای موقتی موسـوم بـه سـیاه می‌نالید. تو از مشـکلات ترک وطـن و درگیـری با قاچاقچیان آدم و پرت‌شـدن به برهـوت تنهایی و بی‌هم‌زبانی می‌گفتـی. مـن امـا انـگار دنبـال خانـه‌ای بـا روکار اخرایـی می‌گشـتم. بعد رسـیدیم بـه یک سـه‌راهی. انگار کـه در پروازی هماهنـگ، از زمین به آسـمان رفتیـم. بـاز هـم حرفی برای گفتن نداشـتیم. بعد هر یک به‌سـویی پر کشـیدیم. ناگهـان در بـاغ سـبزی باز شـد و مـا در کنـار هم در حالـی که روی ما پر شـده بـود از گل و گیـاه، آرام و دست‌دردسـت، قـدم می‌زدیـم. ترس‌هـا و گلایه‌مـان ریختـه بود. می‌گفتیم و می‌خندیدیـم و خاطره‌های مشـترک را دوره می‌کردیم. بـه ایـن نتیجه رسـیدیم کـه بـرای مانـدگاری در خاطره‌های هـم، هیچ‌چیز بهتر از تعریـف خاطره‌هـا و دردهای مشـترک نیسـت.»

گفتـم چـه بهتر کـه طبق آن داسـتان صدصفحـه‌ای قبـول کنی دفعهٔ قبل با چـراغ خاموش آمـدی پیش من و بـا هـم رفتیم به همان خیابان‌هـای پرپیچ‌وخم نعل‌اسبی بـا خانه‌هایـی روکار قهـوه‌ای و اخرایی. اتفاقاً چنین جایی نزدیک همـان خیابان و سـالن فسـتیوالی کـه بـرای اهل فرهنگ و هنر داسـتان خواندی، هسـت. روزهـا دست‌دردسـت هـم، فـارغ از هیاهـوی خیابان‌هـای اصلـی و شـلوغ اینجـا و آنجـا می‌گفتیـم و می‌خندیـدیم و خاطره‌هـای مشـترک را دوره می‌کردیـم. بـه فروشـگاه‌های ایرانـی و غیرایرانـی سـر می‌زدیـم و هرازگاهـی چیزی می‌خریدیـم بـرای شـام یـا ناهـار. تـو کم‌کم می‌کـردی غـذا درسـت کنـم. مثـل دو دلـداده یـا دو هم‌خانهٔ صمیمی سرخوشـانه قهقهـه می‌زدیم. تو وقتـی خیلـی سـرحال بـودی روی داسـتان مـن کار می‌کردی. طرح گمشـدگی و گمگشـتگی را پسـندیده بـودی و مثـل همیشـه همیـن کـه با شـلختگی زبان

و نثرم کنار نمی‌آمدی، دعوتم می‌کردی به بالکن تا سیگاری بکشیم و لبی تر کنیم. پذیرفته بودیم با ساده‌ترین کلمات ممکن انگیزه‌های خوب بشری را پیش چشم خواننده بزرگ‌نمایی کنیم. از تنهایی‌های خودخواسته و اجباری بگذریم و از همبستگی و پیوستگی در جسم و روح حرف بزنیم. بعد باز هم لبی تر کنیم و آماده شویم برای خوردن شام یا ناهار یا هر کاری که دوست داریم.

به اینجا که رسیدم، گفتی: «یادت باشد اگر قصد نداری جزو نویسندگان پرحاشیه بشوی، در بیان روابط عشقی مخصوصاً در بخش تنانگی تند نرو. اینجا و آنجا ندارد. کم و بیش همه‌جا در ارتباط با مسائل خصوصی زن و مردهای اسمورسم‌دار حتی به‌صورت تخیلی حساسیت‌هایی وجود دارد و روزی دردسرساز و مخل استمرار کار می‌شود.» وقتی متعجب نگاهت کردم، گفتی: «نشنیدی مؤسساتی هستند که به‌کمک علم روان‌شناسی و روان‌کاوی داستان‌های تخیلی را به‌صورت مستند جلوه می‌دهند و راوی سوم‌شخص را اول‌شخص و راوی و نویسنده را یکی جا می‌زنند. بعد هم قادرند با ترفندهای صوتی ـ تصویری بالکن را اتاق خواب جلوه دهند. بعد هم با وکلای زبده دنبال سند و عکس و فیلم‌های جوروا‌جور می‌گردند تا هویت افراد مخالف خود را ببرند زیر سؤال و سرانجام اخاذی مادی و معنوی کنند؟»

یاد بی‌احتیاطی خودم و سوءتفاهم شوهرم افتادم و به تو حق دادم. لابد آن شوربخت مفلوک هم جایی خبط و خطایی کرده و حالا تن به کاری داده که چه‌بسا دوست نداشته... سرت روی شانه‌ام بود و افکارت معلوم نبود کجاها سیر می‌کرد. دست‌هایت سرد و گرم می‌شدند. حدس می‌زدم خیال‌های زشت برت داشته و بُرده به جاهای پرت‌وپلا و رهایت کرده به امان خدا. برای نجات تو از افکار احیاناً پریشانت، گفتم

این مـن نبـودم کـه بیرون سـالن آمدم طـرف تو، بلکـه خودت اصرار داشـتی مـرا ببینـی و بـرای پرسـش‌هایت جوابـی قانع‌کننده بگیـری. پس مـن با همهٔ معایـب آشـکار و پنهانم جـزو زن‌هـای مأموریت‌یافتـهٔ آب‌زیرکاه نیسـتم کـه تـو از آن‌هـا بترسـی... بـا گفتن ایـن جملـه، یک‌باره ترسـیدم مبـادا همه‌چیز تـو ذوقت بخورد. پشـیمان شـوی از آمدنـت و راه‌به‌راه بروی فـرودگاه و بلیت پـای پـرواز بگیـری. راسـتش دلم می‌سـوخت کـه از این شـهر شـهرهٔ عالم و آدم فقـط سـالن‌های سربسـتهٔ سـخنرانی‌ها و فروشـگاه‌های ایرانـی حوالـی خانـهٔ وحیـد و دیگر دوسـتان سـابق و لاحـق را دیده بـودی. گیرم یکـی دو تا کافـه و سـوپر مارکـت درجهٔ دو سـهٔ لوکس هـم رویـش.

بـی آنکـه نگاهـم کنـی، گفتـی: «تـا دو دقیقـهٔ دیگـر وحیـد نیایـد دنبالم، برنمی‌گـردم جلسـه.»

بی‌اختیـار یـاد پنـج عصـر آن روزی افتـادم که به‌عنـوان پناهنده آمـدم به این شـهر. قـرار بـود بیایـد فـرودگاه اسـتقبالم. نمی‌دانـی در آن نیم سـاعت تأخیـر او چـه بـر مـن گذشـت! بی‌خوابی‌هـای ممتـد و خسـتگی راه و پرکـردن فرم‌هـا بـا زبـان الکن سـر جـای خـود، از فـرط تنهایـی و بی‌کسـی مزمـن به گریـه افتادم. وقتـی هلک‌وهلـک آمـد مثل آدم‌هـای دماغ‌بـالای مغـرور بی‌هیـچ عذرخواهـی و حتـی روبوسـی و خوشـامدگویی چمدان و سـاکم را برداشـت و مـرا بـرد خانه‌اش، هنـوز از درون و بیـرون می‌لرزیـدم که با دیـدن فضـای نیمه‌تاریک و پـر از آینه‌هـای کوچک و بزرگ هـال و پذیرایـیِ مثلاً شـاعرانه‌اش، یـاد زیرزمین خیاط‌خانـهٔ پـدرش افتـادم. جایی که اگر آدم‌های واقعـی به دادم نمی‌رسـیدند، خـل می‌شـدم از دسـت ماکت‌هایـی کـه مثـل خـودم یک‌ریـز می‌نالیدند از بی‌کسـی و بی‌اعتنایـی آدم‌هـای فرامـوش‌کار در آن آینه‌های کثیـف.

آنچـه را کـه می‌دیـدم، سـخت می‌توانسـتم بـاور کنم. هرچند مشـابه همـان زیرزمینـی نبـود کـه عـلاوه بـر نظافـت و نقاشـی در و دیـوار وظیفهٔ

چسباندن دست و پای شکستهٔ ماکت‌ها را هم به‌عهده داشتم، اما یک‌باره خودم را هم جزو یکی از آن ماکت‌ها دیدم. آن‌ها شاهد بودند وحید بارها به‌بهانهٔ اصلاح شعرها و داستان‌های من وسط همان خاک و خل‌ها با من قهقههٔ مستانه زده بود و به عرش رفته بود، اما حالا انگار نه‌انگار که نگاری داشته، در سکوتی کشنده قهوه دم کرد. یک‌باره دچار دلتنگی غریبی شدم که مبادا فکر کند من با حیله و مغناطیس چشم‌هایم او را گول زده‌ام و به‌عمد با دکمه‌های پیراهنم ور می‌رفته‌ام که پاره شود تا دنبال نخ و سوزنی بگردم برای دوخت و دوز. داشتم مثل نسیمی سرگردان به بی‌معنایی زندگی و پوچی مطلق می‌رسیدم. هرچند خودم را هم بی‌تقصیر نمی‌دیدم، سرش فریاد کشیدم... اوهوی آقای نسبتاً محترم! دوست دعوت کرده‌ای یا دشمن؟

سرد پرسید: «حالا دردت چیه و کجاست؟» گفتم عزیز جان من نه طلبکارم نه بدهکار. هرچند بابت آن درهم‌آمیزی خاک‌برسری بدبختی‌های فراوانی کشیدم. ولی هرگز هیچی از تو نخواستم و نمی‌خواهم جز اینکه کمی درباره‌اش حرف بزنی. نمی‌خواهم همهٔ مصیبت‌هایم را بیندازم گردن تو، ولی قبول کن که در شروع آن دردسرها تو سهم بسزایی داشتی. یک دختر مدرسه‌ای بیشتر نبودم. طرز محافظت و مراقبت از خودم را نمی‌دانستم. حالا فقط به آن اهمیت بده. چهار تا کلمه درباره‌اش حرف بزن. لااقل بپرس آن طفل معصوم دختر بود یا پسر. بعد بخند و مسخره‌ام کن و... ناکس بی‌احساس ظرف میوه را برگرداند تو یخچال. مقابلم نشست و گفت: «من و ما ثابت کردیم نهال کوچکی نیستیم که در آن کویر اندیشه خشک شویم یا مثل اسفند دود شویم و برویم هوا و هیچی از ما باقی نماند. من و ما همه‌جا هستیم. از موی دماغ گرفته تا خنجری در مشت!» پرسیدی: «خنجری در مشت یا در پشت؟» گفتم مثل همیشه تا

آمـدم دو تـا کلمـه حـرف از احساسـاتم بزنـم و خـودم را خالی کنـم، زد به صحـرای کربـلا. چنـد تـا شعـار دم‌دستی بی‌ربط بـه نافم بسـت کـه مثل خنجـری از پشـت به قلبم نشسـت. نمی‌خواسـت بفهمـد اتفاقی نه‌چندان معمـول در آن حـوزهٔ جغرافیایـی غیرمعمـول بیـن مـن و او افتـاده و او اصلاً و ابـداً بـه‌روی خـودش نمی‌آورد تـا معمولی‌تـر و عاطفی‌تـر جلـوه‌اش دهـد. اصـلاً فکـر نمی‌کـرد مـن یـک زنـم و اگـر سهواً یـا حتـی عمـداً در یـک هم‌زمانـی بیولوژیکی بدشانسـی بیاورم، میـزان خسـارتم در این رابطه و آن شـرایط زمانـی و مکانـی خیلـی بیشـتر از اوسـت. کوشـش او در آن لحظـه بـرای سرکوبی احساسـات مـن و خـودش چنـدان کمتـر از خیانت بـه انسـانیت نبـود. هرچنـد تحقیـر شـده و عصبانـی بـودم، اما جلـو خودم را گرفتـم. او در کمـال خونسـردی در بحبوحهٔ به‌ثمررسیدن انقـلاب مـرا بـاردار کـرد و بعد در کمـال خونسـردی وارد احزاب مخفی شـد و جلوتر از خیلی‌هـا بـه خـارج کشـور گریخـت. وادارم کـرد در آن جـو خـاص از فرط بی‌پولـی و بی‌کسـی درب‌به‌در دنبـال پدر بگردم بـرای بچه‌ای کـه روی دستم مانـده بـود. ایـن وسط شعـارهایی کـه معلوم نشـد یک‌بـاره از کجا سـر در آورد قوزبالاقـوز مـرا انداخـت تـوی این مخمصهٔ چـه کنم و چـه نکنم. آخ اگـر یـک کلمـه می‌گفت، فقـط یـک جمله، کـه من هـم یک جـوان احمق ندیدبدیـد بیشـتر نبـودم، مـن تمـام احسـاس گناهـی را کـه داشتم به‌حق و تنها شایسـتهٔ خـودم می‌دانسـتم.

(اینجا هم جملاتی حذف شده است.)

گفتـی: «لابـد فکـر کـرده بی‌مبالاتی‌هـا و ندانم‌کاری‌هـا بـا نجـات جـان تـو جبـران شـده.» گفتـم او کـه طفـره می‌رفت از حـرف‌زدن انگار این من

بودم که خجالت می‌کشیدم در عالم رفاقت به‌روی خودم و او بیاورم. شاید باورت نشود، ولی من نه دنبال دریافت خسارت بلکه مثل یک بیمار روانی دنبال شنیدن خاطرهٔ خوش یا ناخوش او بودم از آن ماجرایی که دلخواه خودم و نقطهٔ اوج جوانی‌ام محسوب می‌شد. منتظر بودم چیزی بگوید تا کمی بخندیم یا گریه کنیم. دلم می‌خواست ماجرای درهم‌آمیزی مثل خاطره‌ای خوش در ذهنش مانده باشد تا من هم فکر کنم آدم مؤثری بوده‌ام در سرودن اشعار عاشقانه‌اش که برخی منتقدان آن را ناب و نوآورانه می‌دانستند. دنبال خاطرهٔ او بودم از هم‌جواری با ماکت‌ها و خاکی‌شدن‌ها تا عمری لحظه‌لحظهٔ وهم سوررئالیستی‌اش را به‌خاطر بیاورم و اگر شد با هم مزه‌مزه یا بار دیگر تجربه‌اش کنیم. من برای خوشحالی خودم و او تلاش کردم و او از درک این نکتهٔ عاطفی شاعرانه و معنای همدلی و هم‌زبانی عاجز بود. متوجه نبود امثال منِ تازه‌وارد به محیطی غریبه، بیشتر دنبال هم‌زبان می‌گردند تا با آن‌ها هم‌حسی یا همذات‌پنداری کنند. بی‌آنکه منکر برطرف‌کردن نیازهای دیگر جسمی و روانی باشم.

همین که پرسیدی: «حالا مایلی به گذشته‌ات برگردیم.» داشتم شاخ درمی‌آوردم از تبحر تو در عوض‌کردن فضای داستان. بی‌اختیار رفتم به دوران پیش از انقلاب که دبیرستان ما هم مثل دبیرستان‌های معمولی با کلاس‌های فوق‌برنامه بچه‌ها را سرگرم می‌کردند. من هم علاوه بر کشیدن نقاشی و درست‌کردن روزنامه‌دیواری مشغولیاتی مثل داستان‌نویسی و شاعری داشتم. دست به‌هر کاری می‌زدم تا با فهم بیشتر خودم را از آن طبقه و قشر بی‌سواد و فرودستی که بودم بیرون بکشم. حتی آن نمایشنامه‌ای که تو به من دادی برای خواندن، علاوه بر کارگردانی‌اش، نقش زن یوسف نجار را در آن بازی کردم. یکی از دخترها با لباس

مردانـه در نقـش یوسـف نجـار مـرا پـس از زایمـان به‌جـرم خیانـت کشـت. مـن امـا چـون خیانت‌نکـرده کشـته شـده بـودم، یـک هفته مریـض شـدم و دیگـر در تئاترهـای مدرسـه بـازی نکـردم. یکسـره رفتـم طرف شـاعری و بعد داستان‌نویسـی. مایـل بـودم بـا امثـال شـماها کـه چند سـالی بزرگ‌تـر بودید و در محافـل و مطبوعـات به‌چشـم می‌آمدیـد، دوسـت شـوم. نظـر خـودم را دربـارۀ ایـن شـعر و آن داسـتان بگویـم و چیزهـای نو یـاد بگیرم. ولـی وحید طـی چنـد مـاه آخر دبیرسـتان به‌قدری احساسـات زنانـۀ مرا دسـتِ‌کم گرفت کـه ناچـار شـدم بـروم پیـش پیـرزن صاحب‌خانـۀ قبلی‌مـان. او آرامم کـرد. در عیـن حال ترسـاند تـا پیـش خاله‌خانباجی‌هـا بـرای کورتاژکردن نـروم. توصیه کـرد بـه کسـی چیـزی نگویـم حتی بـه رئیس خیرخـواه مدرسـه تا خودش فکـری بکنـد، کـه خانـم مدیر پرورشـگاه بـا دیدن وضعیـت روحی – روانی مـن پارتـی تراشـید و به‌صـورت کمک‌بهیار قـراردادی مرا فرسـتاد بـه یکـی از بیمارسـتان‌های ارتـش شاهنشـاهی سـابق بلکـه آنجـا...

همـان هفتـۀ اول در بخـش ویـژۀ روانـی بـا گروهبـان سی‌سـالۀ مجـردی آشـنا شـدم. پیـش خـود گفتـم حـالا کـه وحید بـه‌روی خـودش نمی‌آورد من آدمـم، لنگه‌کفـش کهنه در بیابان نعمـت اسـت. به‌واسطۀ موی پریشـت کوتاه و چشـم‌های تابه‌تـای شیشـه‌ای یـا عروسکی‌اش او را شـبیه وحید می‌دیدم و به‌خاطـر لـب و دهـان و چانـۀ به‌قاعـده‌اش شـبیه تـو. عصـر یکـی از روزهای خلـوت بخـش بعـد از عوض‌کـردن ملافه‌هـا در کنـج خلوت رخت‌شـوی‌خانه به‌هـوای عوض‌کـردن لبـاس سـر شـوق آوردمش تا عرش را سـیر کنـد. که کرد و طـوری از افسـردگی بیـرون آمد کـه دسـتمال آغشـته به خون یکـی از بیماران تـازه را از دسـتم گرفـت و بوسـید. سـاعتی بعـد قلـم و کاغـذ و سـاعت جیبی صدقه‌سـری پـدر وحیـد را دادم دسـتش و گفتـم طـوری نقاشـی کن کـه انگار زمـان فتـح جسـم و جان مـرا متوقـف کـرده‌ای. اول نفهمید منظورم چیسـت.

ولی وقتی فهمید ساعت را چنان با احتیاط دست گرفت که انگار قطعه‌ای جواهر گران‌قیمت سلطنتی دست گرفته است.

خیلی زود روشن شد که یکی است بدبخت‌تر از خودم. با تصدیق کلاس نهم رفته بود ارتش شاهنشاهی و معلوم نبود دوران بچگی‌اش را در کدام جهنم‌دره‌ای گذرانده بود که رویش نمی‌شد بگوید. با لکنت یک‌بار از پدری بستنی‌فروش و مادری لپ‌قرمزی حرف زد. همین و همین. توی پرونده‌اش هم حتی یگان اعزامی‌اش قید نشده بود، و نمی‌دانست چرا. آن‌قدر زیرک و هوشیار نبود که به‌چشم آدم نگاه کند و دروغ‌های شاخ‌دار بگوید. نگاه خسته و درهم‌شکسته‌اش فریاد می‌زد دنبال هم‌زبانی شاد می‌گردد تا آویزانش شود. احساس می‌کردم برای سیرکردن شکمش به‌هر کاری دست زده تا رسیده به شغل گروهبانی. آن روز با نگاهی به عقربه‌های متحرک ساعت گفت: «تو می‌دانی چرا من تا حالا ساعت جیبی زنجیردار ندیده‌ام؟» بعد دقایقی به من و ساعت آونگان مقابل صورتش خیره شد.

نمی‌دانم در پی مغناطیس چشمم کجاها سیر می‌کرد. گفتم اگر ساعت را دقیق بکشی و زیرش امضا کنی، ساعت را می‌دهم به خودت. لبخند زد و شروع کرد به کشیدن. می‌خواستم نقاشی را جدی بگیرد و من زمان را عقب بکشم و منطبق کنم با اولین قهقههٔ فتح وحید. بعد در حاشیهٔ نقاشی از رؤیاهایم دربارهٔ آیندهٔ فرهنگی ادبی خودم چیزی بنویسم و پس از امضای او و مثل یک سند پیش خودم نگهش دارم. اتفاقاً او نقاشی را جدی گرفت. اما خوب نکشید. هرچند با دستانی لرزان اما مصمم کشید. بی‌آنکه خطوطی را اصلاح یا پاک کند، جزئیات را بازآفرینی کرده بود که عین واقعیت شده بود. با راهنمایی من ساعت را گذاشت پنج عصر دو ماه پیش و یک امضای خرچنگ‌قورباغه هم انداخت زیرش و خندید.

شب تا صبح بارها رفتم بالا سرش. گاهی بین خواب و بیداری

دستم را می‌گرفت. مثل بچه‌ها از لپ‌های سرخ و چشم‌های تراخمی زنی می‌گفت که عاشق بستنی‌قیفی بود و شب‌های دوشنبه با پدرش شام می‌خورد و آخر شب در پستوی اتاق قهقهه‌شان به‌هوا می‌رفت و... شش و نیم صبح گلی از باغچهٔ حیاط بیمارستان چیدم و با مجله‌ای که تو و وحید شعر و داستانی در آن چاپ کرده بودید، به دیدنش رفتم. چشم‌های شیشه‌ای تابه‌تایش تکان خورد و لب‌هایش به لبخند باز شد. وقتی کنار تختش نشستم با دیدن شادی واقعی در چشم‌هایش گفتم تو سال‌ها خیلی سختی کشیدی، ولی از این به‌بعد کاری می‌کنم که همه را فراموش کنی. از فرط خوشحالی آشکارا لرزید. گفت: «خیالت راحت باشد که قبل از دامادشدن صیغهٔ عقد خواندم. حالا مثل بقیهٔ زن و شوهرها باید کاری کنیم بچه‌های خوب و سربه‌راه و پابه‌راه تحویل جامعه بدهیم.» مجله را باز کردم، شعر و داستان‌ها را نشانش دادم. گفتم من آرزو دارم روزی نویسنده یا شاعر شوم. او گفت: «باید وقت بگیریم از محضر و هرچه زودتر رسمی و دائمی‌اش کنیم.»

برای من که سال‌ها آرزو داشتم روزی کنار شاعر یا نویسنده‌ای زندگی کنم، چرخش و چالش بزرگی بود که بتوانم چنین شوهری کنار خودم ببینم. هفتهٔ بعد وقتی از بیمارستان مرخص شد، مسئول بخش اعصاب و روان بابت سرعت بهبودی او تشویق‌نامه‌ای به من داد. با هم رفتیم یکی از محضرهای اطراف راه‌آهن و او چهارده سکه تمام‌پهلوی مهرم کرد. با مختصر اثاثیه رفتیم پیش همان پیرزن صاحب‌خانهٔ قبلی که حکم مادرم را داشت. همه‌چیز مهیا بود تا با خیالی آسوده یا یک عالم زعفران بخورم یا مثلاً از بلندی بیفتم زمین و از شدت ضربه بچهٔ وحید را بیندازم، ولی در جوار آن صاحب‌خانهٔ مؤمن مهربان یک‌باره مثل آدم‌های جوگیرشده فکر کردم اگر با خدا صاف و صادق نباشم، گناه

بزرگی کرده‌ام. دچار کابوس صحنه‌سازی آن دستمال خونی و ساعت جیبی شدم. دائم صدای بچه‌ای تو گوشم زنگ می‌زد. مانده بودم سربه‌نیستش کنم یا بگذارم بماند. بیشتر اما نمی‌خواستم سربه‌نیستش کنم. اگر کابوس آن جنین ناخواسته دست از سرم برمی‌داشت، ناچار نمی‌شدم دربه‌در دنبال تو بگردم تا با دم مسیحایی پشیمانم کنی. یا سوقم بدهی طرف همان چیزی که از آن می‌ترسیدم. خیلی خوب می‌دانستم تو به‌رغم پربودن گوشَت از امواج پرطنین تظاهرات خیابانی، فکر فراغت من هنگام داستان‌نویسی هستی. و خودم اما به فکر خلاصی از دست کابوس‌هایی بودم که به جانم افتاده بود.

من از تو و وحید چهار تا جملهٔ قصار درست و حسابی می‌خواستم تا با جان و دل باور کنم و بفرستم مقابل آن تفکرات زلزله‌افکنانه که همراه شعارهای انقلابی آن روزها به جانم افتاده بود. کسی را می‌خواستم تا قانعم کند اگر بچه را نگه دارم، به آرامش درونی می‌رسم و می‌توانم در کنار چنین شوهری به نوشتن ادامه بدهم. اما دریغ از دیدار و همدلی شما دو دوست بهتر از جان! وحیدِ سروجان‌فدا در غبار یا تندباد اشتغالات حزبی خودش گم شد. تو هم کشیدی طرف تشکل‌های صنفی و ادبیات اجتماعی و دیگر یافتن شماها مگر به‌تصادف غیرممکن شد. سرانجام به توصیهٔ مدیر پرورشگاه و مصلحت‌اندیشی پیرزن صاحب‌خانه بچه را به‌دنیا آوردم، و به خواهش شوهرم اسمش را گذاشتم علی. مثل وحید ریزه‌میزه بود و مثل خودم دو خال درشت داشت پشت شانهٔ چپ و راستش. صاحبخانه گفت: «دختر بود، اسمش را می‌گذاشتم عالیه یا فرشته.»

دومین فرزندم دو سال بعد از انقلاب به‌دنیا آمد. سومی سال شصت و پنج. هر سه هم پسر. جناب آقای شوهر اجازه نداد بروم سر کار. از خرج خانه زیاد نمی‌آوردم که کتاب و مجله‌ای بخرم و بخوانم. گاهی که

می‌رفت مأموریت چیزهایی می‌نوشتم و تو هفت سوراخ قایم می‌کردم. اسامی عناصر ساختار پلات و عناصر ساختار داستان و حتی تفاوت انواع زاویهٔ دید و دیگر تکنیک‌هایی که دست‌وپاشکسته یاد گرفته بودم، فراموش کردم. هرچه می‌نوشتم شکل خاطره‌های شخصی خودم درآمد. این آخری‌ها خیلی نوشتم و نمی‌دانستم کجا قایمش کنم. دستم بشکند! محض احتیاط یک نسخه کپی گرفتم و توسط پدر وحید فرستادم برای وحید. مدتی بعد، پس از یکی دو مأموریت جنگی، نمی‌دانم برایش چه اتفاقی افتاد که یک‌باره فهمید چه گذشته‌ای داشته‌ام و چرا در بخش اعصاب و روان بیمارستان زمان خاک‌برسری را عقب کشیده‌ام. من هم فهمیدم آن گروهبانی که من دیدم در آستانهٔ همکاری با ساواک دچار شوک شده و حالا با درجهٔ استواری...

مدتی مثل آدم‌کوکی یا ربات رفت و آمد تا آنکه روزی نوشته‌هایم را در پستوی اتاق صاحبخانه پیدا کرد. ناگهان مثل جنون‌زده‌ها اسلحه کشید که مرا بکشد. نفهمیدم چرا یک‌باره تصمیمش عوض شد. چشم و گوش من و صاحبخانه را بست و خشم خود را سر بچه‌ها خالی کرد. ماه بعد فهمیدم وحید طی مصاحبه با یکی از رادیو یا تلویزیون‌های خارج کشوری از من و شوهرم اسم برده و گویا همین سرنخی شده برای کشف راز بین من و وحید. جناب شوهر توانست، آزادانه بچه‌هایش را به‌خاک بسپرد و انگار داوطلبانه چند ماهی برود زندان. مرا به حرمت آن پیرزن صاحبخانه بخشید، اما فکر نمی‌کرد وقتی قانون انسانیت را زیر پا می‌گذارد، سرمشق خوبی می‌شود برای منی که همه‌چیزم را از دست داده بودم. به او فرصت دادند با روزنامه‌ها و مجله‌ها مصاحبه کند و طی آن ضمن محکوم‌کردن وحید دربارهٔ عفت زنانه و غیرت مردانه و انسجام خانواده حرف بزند. اینجا بود که بعد از تماس تلفنی من، تو داوطلب

شدی گزارشی تهیه کنی برای روزنامه و به‌اتفاق داستانی بنویسیم در این خصوص، که متأسفانه یا خوشبختانه به‌اصرار تو من و آن جناب شوهر رودرروی هم قرار گرفتیم. در حالی که تو به داستانی ذهنی فکر می‌کردی و من به عاقبت کار خودم در زندگی واقعی و عینی.

آن شب، پس از شنیدن این ماجرا مثل کسی که از کشیدن باری سنگین و اندوهزا خسته شده باشد، بی‌حوصله قلپی رفتی بالا. سیگار دیگری روشن کردی و گفتی: «در بحبوحهٔ انقلاب دم مسیحایی‌ام کجا بود دختر! یک سر داشتم و هزار سودا با آن مادری که عکس خودش را کنار صادق هدایت در ماه می‌دید و می‌ترسید زن بگیرم مبادا عروسش مرا مال خود کند و مجال ندهد چیزی بنویسم. مادری که با خود جوانش زندگی می‌کرد و مرا هنوز دانش‌آموز پیش‌دبستانی می‌دید. درست مثل کسانی که مردم را کودکانی صغیر و مهجور می‌دیدند و خود جاده‌صاف‌کن می‌شدند برای رجعت به تاریخ دو هزار و چند صد ساله.» بعد خندیدی به مشابهت‌ها و توازی تاریخی سلطهٔ هدایت روی مادر خودت و خیل عظیم طرفداران آن یکی که در ماه دنبالش می‌گشتند.

شاید کسی جز من نداند زن‌ها برای تو چه موجودات ارزشمندی‌اند. یادم است هنگام رفت و آمد به کافه نادری لال می‌شدی از ذوق و شوق وقتی می‌دیدی من از ماهی شب عید و گل بنفشه و سفرهٔ هفت‌سین بچه‌های مدرسه و خوابگاه حرف می‌زدم. در آن پیاده‌روی‌ها همین‌که گذری نظری می‌دیدی مردی سر زنش فریاد می‌کشد، خونت به‌جوش می‌آمد برای جانب‌داری از آن زن. بارها دیده بودم وقتی زنی همراه بچه‌ای ترک موتور قراضهٔ شوهرش نشسته و از ترس چشم‌هایش را بسته، تو هم چشم‌هایت را می‌بستی و انگار به جانشان دعا می‌کردی. یادم نیست در کدام قصه یا داستان نوشته بودی: «گاهی احساس می‌کنم زنان

مثـل قاصـدک، بـا بادهـا و طوفان‌هـای آسیمه‌سرِ مردانـه پرپـر می‌شـوند؛ اما در همـان حـال پیـام مـن و مـا را بـه کسـانی کـه دوسـت داریـم می‌رسـانند. زن‌هـا پیامبران راسـتین عاطفـهٔ بشـری‌اند.»

قبـول کـن کـه نـگاه رمانتیـک و حمایتگـر و درعیـن حـال محافظه‌کار تو بـه زن گیج‌کننـده اسـت. حـالا حـدس می‌زنـم بـا خوانـدن ایـن نوشـته از خـود می‌پرسـی: «لیلـی مجدعلیـان چـه موجـودی بود کـه بـا وجود این‌همه خاطـرات مشـترک ناچـار اسـت آن‌هـا را یکی‌یکی بازگـو کنـد تا مـن حداقل بـه یـاد بیـاورم چـرا نامـش تداعی‌کننـدهٔ مریـم مجدلیه اسـت؟» حـق داری، پـس بـه مـن هم حـق بده حـالا کـه پـس از سـال‌ها ارتباط برقـرار شـده، بتوانم بـا کمـک تـو پـازل زندگـی درونـی و بیرونـی خـودم را تکمیـل کنـم. وحیـد دوسـت جان‌جانـی تـو در نبـش همـان کوچـهٔ پهن و بن‌بسـتی می‌نشسـت کـه مدرسـه و خوابـگاه مخصـوص مـا در کمرکـش آن بود. یادم اسـت شـب‌های چهارشنبه‌سـوری پـدر و مادرهـای نیکـوکار یکـی بتـه می‌آورد، دیگـری فشفشـه و دیگـری ترقـه یـا آجیل و شـیرینی. آن‌قـدر می‌آوردند کـه سـهمی هم بـه بیشـتر اهالـی کوچه می‌رسـید.

یک‌سـال قبـل از انقـلاب، تـو هـم به‌دعـوت وحیـد آمـدی بـا یـک عالـم فشفشـه و ترقه. پدر وحیـد، فشفشـه‌ها را فقط دسـت پسـرهای دوسـت و اقوام خـودش می‌داد. مـن امـا آرزو می‌کـردم خـودم تنهایـی فشفشـه هـوا کنـم. تو بـا دیدن اشـتیاق مـن و نزدیکی‌ام بـا خانوادهٔ وحیـد، آمدی جلـو و هدیه‌ات را گذاشـتی کف دسـتم و رفتی کمی دورتر ایسـتادی بـه سیگارکشـیدن. ندیدی وحیـد همـه را گرفـت و گفـت: «روزی خـودم فشفشـه‌هایی برایـت می‌خـرم کـه وقتی روشـنش کنی مثل رفیق یوری گاگارین سـوار سـفینهٔ کشـور شـوراها شـوی و بـروی روی کـرهٔ مـاه.» او مـرا بـا تـو و مـادرت و کافه نادری آشـنا کرد. اشـعار عاشـقانه خوانـد. سـرانجام سـال بعـد در اوج استیصال مـن از هر وقت

پدرش بـرای خریـد پارچـه یا چیزهای دیگـر می‌رفت بـازار سبزه‌میدان، خـودش از در پشتی بـه زیرزمیـن خیاط‌خانـه می‌آمـد. بعـد از گـوش‌دادن بـه شعـر یا داستانم دربارهٔ ماکت‌هـای سرودست‌شکسته، مشغول مبـارزه بـا سـختی و سفتی دکمه‌هـای لبـاس مندرسم می‌شـد. بی‌پولـی و بی‌پناهی و ترس‌ولـرز گرفتـن یا نگرفتـن دیپلـم یک‌طـرف، ازدست‌ندادن تـو و او کـه عکستان در روزنامه‌هـا و مجله‌هـا چـاپ شـده بـود از طـرف دیگـر باعـث می‌شـد چشـم‌هایم را ببنـدم.

از بخـت بـد مـن، در روزهـای اول انقـلاب جسـمم در اختیـار وحیـد بـود و روحـم در پـی وصـال تـو. جسـم تـو امـا در خدمـت نگهـداری مـادرت بود و روحـت همـراه شـده بود بـا احقـاق حقوق فـردی و اجتماعی نویسندگان مستقل ضربه‌خـورده از ستم‌شـاهی. در کافه نـادری مثـل گنگ‌هـای خواب‌دیده یا ازخواب‌پریـده دنبـال انطباق افکار خودت بـا حوادث پیش رو بـودی. بال‌بال‌زدن مـرا نمی‌دیـدی، نمی‌دیـدی آرزویـم نه‌تنها دستیابی بـه جسـم تـو بلکـه درآغوش‌گرفتـن روح آن کـودک هوشـمندی بـود کـه درون تـو زندگـی می‌کـرد. ذهنـم از شکل‌بسـتن کلمـات عاشـقانه طفـره می‌رفت وقتـی می‌دیدم نسـبت به آن‌همـه شعـر و شعارهای خوش‌بینانهٔ جـاری در شـهر کمـاکان نه بدبیـن بلکه مـرددی. امـا وحید کـه همهٔ فکـر و ذکرش خلاصه شـده بـود در اهداف یکی از تشکل‌های حزبـی، قاطعانـه بـا جان و قـوهای تازه پیـش می‌رفت. او سرشـار از امیـد و آرزو سـرانجام روزی بـر سـختی و زمختـی دکمه‌هـای پیراهنـم پیـروز شـد. قهقهه‌زنـان مـرا فرستاد روی کرهٔ مـاه و تا آمـدم بفهمم با او چه بده‌بستانی داشـته‌ام، خـودش را دربسـت وقـف آن احـزاب... کـرد.

(چون حزب یا سازمان و گروه مورد نظر لیلی دقیق ذکر نشده، من
هم از آوردن نام آن معذورم.)

عزیـز دل، متأسـفانه تصاویـر جداجـدا بـه ذهنـم خطـور می‌کننـد. انگار مدتـی طـول می‌کشـد تا مفهومـی روشـن را شکل بدهند. یـادم است تو هم همین‌جـوری بـودی و تـا بارهـا و بارهـا نمی‌نوشتی، نمی‌توانسـتی بـه نظـم منطقـی موردنظـر خـودت برسـی. در پـازل زندگیِ آن روزها، یـک جـای خالی هسـت کـه فکر می‌کنم همـان انگیـزهٔ کمـک بی‌دریغ و بی‌توقع توسـت بـه مـن بـرای رهایـی از موجـودی ناخواسـته که حـالا به اجبـار داسـتان در اختیار خـودت می‌گـذارم تـا فاش کنـی یـا نکنی. بسـازی یا نسـازی. شـاید هـم بچرخـی حـول محور اشـتباه خـودت در رودررو قراردادن من و شـوهرم در آن روزِ شـومتر از شـوم. شـاید هـم میمون‌تـر از میمـون.

آن شـب، تهـسیگارها را بـا نـوک کفشـت سُراندی بـه کنار پیاده‌رو تا بعد برشـان داری و بینـدازی در سـطل آشـغال. انگار کمـک می‌خواسـتی از مـن. گفتـی: «می‌دانـم بـرای تـو کاری کـرده‌ام، ولـی نمی‌دانـم چطـوری و کجا انجامـش داده‌ام. اگر انجام نـداده‌ام، چگونـه انجـام بدهـم کـه روایـت مـن و تـو یکـی شـود.» بعد باز هـم بـرای تغییر فضـا از من خواسـتی دربارهٔ آپارتمان وحیـد حـرف بزنـم. تعجب کـردم که چـه نیازی بـه نـگاه مـن داری از آن خانهٔ سـازمانی که بارها طی چند روز در آن ناهار و شـام خورده و دستشـویی و حمام رفتـه‌ای و شـب‌ها در آن خوابیـده‌ای. دوبـاره یـاد آینه‌های کوچک و بـزرگ اتاق کار و پذیرایـی‌اش افتـادم. بعـد آن زن‌ها یا دخترهای روستایی‌نمای عروسـکی درهم‌روندـه یـا از شـکم هـم درآمـدهٔ سـرطاقچه که مـرا یـاد نوشـته‌های خودم از زمـان بچگـی همـراه زن‌هـا و دخترهای در و همسـایه در حاشیهٔ شـهر تهران انداخـت. گفتـی: «وقتـی کنـار وحیـد نشسـتی و او دسـتت را از روی شانه‌اش پـس زد و میـوه و قهـوه آورد و مقابلـت نشسـت، چـه گفت؟»

مانـده بـودم قـدرت تخیـل بـه کمکت آمـده یا وحید چیـزی به تـو گفته. در سـکوت نگاهت می‌کـردم کـه بـا نـوک انگشـت زدی بـه شـانه‌ام. گفتـم

وحیـد گفـت: «خوشحالم کـه بالاخـره از آن خراب‌شـده فـرار کـردی.» یعنـی ایـن جمله شـد آغـاز پایان دوسـتی مجـدد مـن و وحید. کمـی صبر کـردم بلکـه حالا کـه مثلاً خوشـحال اسـت، جملـه‌ای از خاطره‌هـای تلخ و شـیرین گذشـته، مخصوصـاً از آن زیرزمیـن پرماجرا کـه به جانـم بسـته اسـت، بگویـد. نگفـت. نمی‌خواسـت بگویـد. معلـوم بـود دارد جلـو زبان صاحب‌مـرده‌اش را می‌گیـرد تا نگویـد چند بار خودسـرانه موهای دم‌اسـبی‌ام را از پشـت کشـید و جلـو چشـم شـهلای آن ماکت‌هـا زخمی‌ام کـرد. گفتم مگـر مـاه نزدیک‌تریـن کُرۀ آسـمانی بـه زمیـن نیسـت؟ خیره‌خیـره مثل وزغی بی‌چشـم‌ورو بـاد بـه غبغب انداختـه نگاهـم کـرد. بعد چمدانم را برداشـت و مـرا دنبـال خـود کشـاند طرف رسـتورانی کـه به‌قول خـودش در آن شـراب ملـک ری سـرو می‌کردند. پشـت فرمـان با صـدای خروسـک‌گرفته و یخزده ده بـار خوانـد... / بیـا تـا بریـم می خوریـم / شـراب ملـک ری خوریـم /... و هـر بـار مـن از فـرط بیچـارگـی و درماندگی بـه رودسـت‌ماندگی خـودم و او خندیـدم. بعـد از سـفارش غـذا و بالارفتـن دو چتـول پیاپـی از آن معجون به‌قـول خودش مردافکن، چشـم در چشـمم گفت: «به همت مـن از جنوب تهـران رسـیدی بـه شـمال اروپـا. اینجا همـان کرۀ مـاه اسـت که قول داده بـودم. حـالا مـن و تـو بی‌حسـابیم، دختـر! گذشـته‌ها هـم گذشـته. فکر کن تـازه به‌دنیا آمـده‌ای تـا پرتاب شـوی به آینـده.» گفتم این‌همه ماشـین کوکی نبـاش. لطافـت به‌خـرج بده. کمـی بگـو و بخند. گفت: «بعـد از جدایی از همسـرم، حوصلۀ هیـچ زنی را نـدارم.»

تـازه فهمیـدم متارکه کـرده و هیچ‌کـدام زیر بـار سرپرسـتی بچه‌شـان نرفته‌انـد و... داشـتم فکر می‌کـردم آن بچـه حـالا کجاسـت و مـن چه شـری می‌توانـم بـه او برسـانم کـه مـرا بـرد بـه همـان مجتمع‌های مسـکونی سـازمانی نزدیـک فـرودگاه. در طبقـۀ همکف ورقـه‌ای داد و کلیـد آپارتمانی

را از سرپرست ساختمان گرفت داد دستم و گفت: «اگر قبول نکنی در عصری بی‌احساس اما منطقی زندگی می‌کنی، آینده‌ات را می‌بازی.» گفتم لااقل بگو کم‌احساس و پرمنطق. از هرکدام ذره‌ای بماند به‌نفع هر دو نیست؟ گفت: «بگذار به درد خود بسوزم.» بعد رفت که رفت. البته گاهی همدیگر را در محافل و مجامع نیمه‌ادبی، اجتماعی سیاسی می‌دیدیم. مثل زن و شوهرهای مطلقهٔ عاطفی، اما حفظِ ظاهرکن، لبخندزنان دمی برای هم تکان می‌دادیم و از کنار هم می‌گذشتیم. من خیلی خل بودم که انتظار داشتم او حتی به‌طنز از آن روی‌ماه‌نشاندن من حرف بزند. بعید نیست هرکس دیگری هم جای او بود پس از گذشت این‌همه سال و در ولایت غربت همین کار را می‌کرد، ولی دربارهٔ تو مطمئن نیستم. چون هرچند قاطی نمی‌شدی، ولی دورادور مراقبم بودی. حتی ممکن بود اگر در ایران بودیم، بی‌آنکه خبرم کنی، کاری می‌کردی که هیچ نامی نتوان روی آن گذاشت جز فداکاری متعهدانهٔ انسانی دریادل به انسانی تشنهٔ محبت.

گفتی: «پارگی‌ها و خدشه‌های جسمی غالباً ترمیم و جراحت‌ها خوب می‌شوند. اما خراش‌های روحی - روانی چیزی نیست که به‌راحتی بتوان مثل صافکارها با بتونه، فرورفتگی‌هایش را پُر کرد، رنگ و لعابی تازه به آن زد و مثل اولش درآورد. من حالا تو را، پس از سال‌ها دوری و دوستی مثل کاسه بشقابی چینی بندزده می‌بینم که فقط صاحبش می‌داند چطوری از بوفه یا کابینت دور از دسترس برش دارد و بیاورد سر سفره و چطوری برش گرداند سر جایش که از هم وا نرود. گاهی آرزو می‌کنم کاش آن سال‌ها خودم تو را می‌بردم کُرهٔ ماه. زن اثیری خودم می‌شدی و با اولین خیانت مثل یک لکاته قطعه‌قطعه‌ات می‌کردم. اما انگار همین حالاش هم قطعه‌قطعه‌ات کرده‌ام بی‌آنکه لکاته شده باشی.»

هرچنـد برخـی جملـه‌هـای تـو متأثـر از محتـوای آن بغلـی بـود، امـا اگـر بدانـی چـه حـال خوبـی پیـدا کردم بـا تک‌تک کلمه‌هـای سرشـار از عاطفهٔ تو. درسـت اسـت کـه مـن مثـل شـماها مجـال نیافتـم سـری تـو سـرها در بیـاورم، ولـی هنـوز در کلمه‌هـا و بـا کلمه‌هـا زندگـی می‌کنم. اغلـب گمگشـته از این شـاخه بـه آن شـاخه می‌پـرم، بلکـه در لابـلای تداعی‌هـا جایگاه واقعـی‌ام را پیـدا کنـم و بـه سـرزمین آرزوهایـم برگـردم. سـعی می‌کنم به‌رغـم دوری از وطـن ضمـن حفظ نحو کلام فارسی، طوری بنویسـم کـه هنگام بازنویسـی، تـو چنـدان تغییـرش ندهـی تـا تصویـر خـودم از لابه‌لای سـطورش دیـده شـود. جـان کلام مـن، برملا‌کـردن تناقـض اندیشـه و رفتار کسـانی اسـت که مدعـی برابـری زن و مردنـد، امـا در عمل هیـچ احترامی برای عاطفهٔ دختری لطمه‌دیـده و اصطلاحاً ناموس ازدست‌داده قائل نیسـتند. هرچنـد در غـرب دغدغـهٔ مـن چنـدان اهمیتـی نـدارد، ولـی در شـرق گاهی بـه یـک فاجعه بدل می‌شـود و جـان می‌گیـرد. می‌دانـم کـه به‌ظاهر روی مسئلهٔ کوچکی انگشـت گذاشـته‌ام، امـا چـه کنـم کـه از فکر رفتـار وحید خلاص نمی‌شـوم. انـگار در تـه ذهـن و زبـان می‌خواهـم ربطـش بدهم بـه خیلی چیزهـای دیگـر. از قدیم کمـی شـبیه ربات یا ماشـین‌کوکی بی‌احسـاس بود، حـالا بی‌احسـاس‌تر هم شـده بـود. از حـق نگذریـم، بـرای رسـیدن مـن بـه این شـهر از هیـچ کمکی دریـغ نکـرد. امـا آن کمـک عاطفـی را که طالبـش بـودم، به‌عمد از مـن دریغ کـرد. آن زمان خیلی دلم می‌خواسـت پیش‌قدم می‌شـد و نوشـتهٔ مرا بازسازی یـا ویرایـش می‌کـرد. بـه آن نقطهٔ کـور عاطفـی ذهـن مـن کـه می‌رسـید، از قـول خـودش چنـد خطـی دربارهٔ چشـم‌های سـالم و دسـت و پای شکسـتهٔ ماکت‌هـا و لحظـات نـاب مـن و خـودش می‌نوشـت. یـا می‌گفت تـا مـن بنویسـم. امـا انـگار طبـق بخش‌نامه‌هـای اداری و پروتکل‌هـای تصویـی بـا مـن رفتـار می‌کـرد بی‌آنکـه بگویـد درد خودش چیسـت.

تاریخ‌ها یـادم نیسـت، ولـی اوایـل خشـونتش را ندیـده می‌گرفتـم. فکر می‌کـردم از فـرط عشـق اسـت. بعدهـا فهمیـدم حتـی موقعی کـه قهقهه‌اش می‌رفت هـوا و بی‌پـروا زخـم می‌زد، تنهـا غریـزۀ حیوانی‌اش بـه او حکـم می‌کـرد. راستش را بخواهـی، داشـتم ناملایمـات را فرامـوش می‌کـردم. بـا دیـدن تـو خاطره‌هـای این‌چنینـی از سـر و کول هم بـالا رفت. یـادم نمی‌رود وقتـی نتوانسـتم از دیـوار آهنـی وحیـد بگـذرم، بعضـی روزهـا به‌محـض پیداکـردن فرصـت از آن تیمارستانِ بیمارستان‌شـده یا بالعکس می‌آمـدم حوالـی کتاب‌فروشـی‌های جلـو دانشـگاه. خـودم را در ازدحـام و کثرت مباحـث جورواجـور جوان‌هـای دانشـجو گـم می‌کـردم. امیدوار بـودم یکی از شـماها را ببینـم. گاهـی اتفاقـی از دور می‌دیـدم که تو با عجله به این ناشـر و آن کتاب‌فـروش سـر می‌زنـی و بـا اشتیاق بـه کانون‌هـا و جمع‌هـای ادبـی و صنفـی مـی‌روی. دلـم می‌خواسـت مرا ببینـی و راه‌به‌راه با خود ببـری تا از آن‌همه ادیب اسم‌ورسـم‌دار بپرسـم چه کسـی غـم نویسـندگان درجنین‌مانده یـا سرازتخم‌درنیاوردۀ بی‌کـس‌وکار را می‌خـورد؟ چه کسـی غم مـن و امثال مـرا بـه جـرم زن‌بـودن و خطـاکار ابـدی ازلـی بـودن، می‌خـورد؟ چه کسـی غـم مـن و امثـال مـرا کـه بـرای شـادکردن شـاعری ناگزیر تـن به سرنوشت پرتلاطمـی داده، می‌خـورد؟

گاهـی در خواب‌هـای شـبانه و رؤیاهـای روزانـه می‌دیـدم تـو مثل جوانمردهـای تـو فیلم‌هـای کلاه‌مخملـی پـا پیـش می‌گـذاری. بـرای حفـظ آبـروی مـن و نجـات جـان این طفل معصـوم بی‌پـدر عروسـی می‌گیری. نه مثـل سایه‌به‌الاسر، بلکـه همدمـم و همسـایۀ درونـم می‌شـوی. بعد کـه بچه‌ام به‌دنیـا آمـد، بـرای او شناسـنامه می‌گیری. مـن صبح‌ها می‌برمش مهد کودکِ بیمارسـتان و تـو کمـی تـوی محلـه بیـن کاسـب‌ها خـودی نشـان می‌دهی. بعضـی شـب‌ها پیشـم می‌مانـی. غذایـی می‌خوریـم و خرویفی می‌کنیم.

اگـر حـال و حوصلـه داشـتیم، قهقهـه‌ای مسـتانه می‌زنیم و... گاهـی هم اگر بی‌خوابی می‌زد بـه سـرمان، بـه تخمِ دوزرده‌کردن برای بشریت می‌اندیشیم و... بعـد هـم کـه همه‌چیـز سامان گرفـت، تـو می‌روی سیِ خـودت و من ضمـن حفـظ این طفـل معصـوم، به در و همسایه و هم‌کلاسـی‌های سـابق و همکاران فعلـی می‌گویم پدرش هرچند نویسـنده اسـت، امـا به‌خاطر من و پسـرم رفتـه جزایر جنوب دنبـال کار نان‌وآب‌دار یا دعوت شـده سـمینار خارج کشـور و قـرار اسـت بیایـد مـا را بـا خـودش ببرد مثلاً بـه ینگه‌دنیا.

می‌دانسـتم مثـل وحیـد بی‌عاطفـه نیسـتی کـه چشـم در چشـمم بگویـی: «دختـر جـان، ماه‌هاسـت همدیگـر را ندیده‌ایـم و حـالا تـو بـرای حفـظ آبروی نداشـتهٔ خودت بین بیسـت سـی نفر در و همسایه و هم‌کلاسـی آمده‌ای با ادعایی اثبات‌نشـده مـرا از تعهداتـم در مقابـل اهـداف عدالت‌خواهانه‌ام بـاز داری؟» تو ایـن چیزهـا را نمی‌گفتی. حتـی نمی‌گفتی: «دختـر خیالاتیِ عشـق شـهرت، از کجـا بدانـم قبل و بعـد از من بـا چه کسـانی روی کرهٔ مـاه قهقهه سـر داده‌ای؟» شـاید خجولانـه یـا محجوبانـه از گرفتاری‌هایـت می‌گفتـی. از احسـاس وظیفه نسـبت بـه مـادرت یا حقـوق پایمال‌شـدهٔ زنـان پابه‌سن‌گذاشته می‌گفتی. شـاید هم بـه سبک خـودت امـا مثـل وحیـد یک‌بـاره می‌زدی بـه صحـرای کربـلا و از جـادوی نوشـتن و معجـزهٔ کلمه‌هـای زنگ‌دار حـرف می‌زدی. از اینکـه نباید هنـگام نوشـتن به‌جای تصویرکـردن به توصیـف رو بیاوریـم و زخم‌هـای عمیق اجتماعـی را از دردهـای خصوصـی جـدا کنیـم و شـعارهای دهن‌پرکن بدهیـم و... رسـیدن بـه ایـن مفاهیم در آن سـال‌های پرشـعار چیـز کمی نبـود. یک گنج پـر از عتیقـه بـود بـرای تو و من حق می‌دادم که سـرت گرم باشـد بـه این چیزهای تکنیکـی و تاکتیکـی. امیـدوار بودی بلکـه از دغدغهٔ نقـل ماجرا بگـذری و آن را تبدیـل کنی بـه دغدغهٔ زبان کـه البته چنـدان موفق نشـدی.

انـگار کـه بیشـترِ نامـه‌ام شـده سـاختن لحظه‌لحظهٔ آن شـب سـخنرانی.

وقتـی دیـدم بـا مـنی امـا غمگین و تنهـا به تابلـو چشـمک‌زن سـردر آن مغازه خیـره شـده‌ای، دلـم می‌خواسـت دیوانـه‌وار کاری کنـم بلکـه بی‌اختیـار، بی‌آنکـه فکـری بکنـی، حرفـی بزنـی یا حرکتـی بکنـی، در مسـیری بیفتی که مـن دلـم می‌خواسـت از نو بسـازمش. اما مثل کسـی که جملـه‌ای عاشـقانه و تمیـز را زیر زبـان بالا و پاییـن، سبک و سـنگین می‌کنـد برای گفتـن، نگاهـم کـردی. داشـت دل از حلقـم در می‌آمـد. در آن لحظـه اگـر کسـی نگاه‌هـای مـا دو تـا را می‌دیـد، می‌گفت عاشـق و معشـوق یا زن و شـوهری هسـتیم که بـر اثـر یـک سـوءتفاهم بـا هم سرسـنگین شـده‌ایم و حـالا پس از چند شـب و روز، انگار منتظـر حادثـه یا کسـی ایسـتاده‌ایم کـه بیاید حرف خنـده‌داری بزنـد یا جملـهٔ راه‌گشـایی بگویـد تا مـا بعـد از خـوردن شـام در رسـتوران موردنظـر دسـت در گـردن هـم برویـم خانـه و...

(نیاوردن برخی صحنه‌ها از سوی نویسندگان ایرانی خارج کشور
انگار نوعی بیانگر دغدغهٔ بازگشت آنان است به سرزمین مادری،
شاید هم ترس و واهمهٔ نهادینه‌شده باشد.)

گاهی می‌دیـدم پشـت میز آشپزخانه روبه‌روی هـم نشسـته‌ایم. بـرای تکمیل داسـتانی مشـترک بحـث می‌کنیـم. دربـارهٔ چگونگـی بیان درد مشـترک بیـن آدم‌هـا تـوی سروکلهٔ هـم می‌زنیـم و... حـالا جـدا از ایـن حرف‌هـا، واقعـاً مـن و تـو چـه می‌خواسـتیم به‌هـم بگوییـم کـه قبـلاً نگفتـه بودیـم؟ در جهـان مـن و تـو چـه می‌گذشت یا می‌گـذرد کـه بـا گذشـت زمـان دامنـهٔ آن به‌جای محدودترشـدن بـا هـر بـار مـرورش گسـترده‌تر می‌شـود. مـی‌رود طـرف ذکـر جزئیـات خصوصی و افـزودن ایهام یـا ابهـام و پیچیدگی‌هـای مصنوعـی. شـاید در زندگی واقعـی دچـار نوعـی داسـتان‌پردازی پست‌مدرنیسـتی شـده‌ایم کـه

می‌باید به فراموش‌ کردن راوی یا اصطلاحاً مرگ مؤلف یا مؤلفان ختم شود. سپس نوعی نیروی شاد از دل آن بیرون بزند که پیش‌تر هیچ‌کدام تجربه‌اش نکرده‌ایم. راستی یادم رفت از تو بپرسم هنوز هم روی رمان وسوسهٔ مسیح حرف داری و عاشق نقش قصوّی مریم مجدلیه هستی؟ یادت است در آن سفر چراغ‌خاموش چقدر می‌خندیدیم به مشابهت بین فامیلی من و آن مریم افسانه‌ای؟ یادش به‌خیر در آن سفر بود که نتیجه گرفتیم آن بزرگوار پرآوازه خیلی چیزها در خصوص رأفت و ملاطفت را از مریم آزاداندیش دریادل آموخته است. اصلاً می‌دانی چرا مرا همنام او کرده‌ای؟

لحظاتی بود که با چشم‌های دودوافتاده به‌هم نگاه می‌کردیم. امیدوار بودم بعد از جلسهٔ پرسش و پاسخ، تکلیف من و تو هم روشن شود. شاید باید زودتر حرفی می‌کشیدم وسط که لذت‌بخش و نیرودهنده باشد. خیلی حرف‌ها باید می‌زدیم و نزدیم. شاید همان‌قدر هم کافی بود تا با آمدن وحید و دیگر دوستان سابق و لاحق با اشتیاق و دستِ پر بروی جلسه و همه را بنشانی سر جای خودشان... بعد هم که رفتن به رستوران نقطهٔ پایان و پُرهول‌وولایی شد از آن شب. همه‌چیز به‌نفع تو بود. هم قبلاً با آن بغلی بزرگ خودت را ساخته بودی، هم بعد با روحیهٔ شاد و شنگول رفتی طرف آن عصارهٔ مردافکن ملک ری. انگار آماده بودی افشاگری کنی و باز هم با حاضرجوابی‌های هنرمندانه همه را انگشت‌به‌دهان نگه داری. ممنونم که گفتی: «آن لیلی که شوهرش را به‌جرم کشتن فرزندانش به‌قتل رساند، اولین بار از وحید آبستن شد و این بارداری در آن شرایط تغییر رژیم ضربهٔ مهلکی بود بر روح و روان دختری مستعد و بی‌خانمان که سرنوشتش را بار دیگر پیوند زد به گذشتهٔ سیاهش.»

در سکوتِ رفقا ادامه دادی: «آن دختر بدشانس امیدوار بود نویسنده شود، خالصانه به وحید عشق ورزید و وحید بی‌رحمانه با سوءاستفاده‌های

پیاپی افـق نویسـندگی او را تاریـک کـرد. مـن امـا او را به‌عنـوان زنـی اثیـری وارد قصهٔ خـودم کـردم تـا خـود بلکـه از ایـن پـس قصه‌پـرداز دیگران شـود و انتقـام شایسـته‌ای بگیـرد از امثـال مـن و وحیـد.» اگـر بدانی چه شوروشـعف و شـگفتی‌ای بـه مـن دسـت داد وقتی دیـدم دوسـتان سـابق و لاحـق بـا دهان بـاز نگاهـت می‌کنـند. وحیـد برگشـت بـا نگاهـی تحسین‌آمیز گفت: «چون داسـتان‌نویس و قصه‌گـوی قهـاری هسـتی، از ایـن پـس می‌توانی هـر بلایـی سـر مـن بیـاوری. حتـی کاری کنـی کـه لیلـی مجدعلیـان قصهٔ نامهربانـی و بی‌وفایـی مـرا بنویسـد. بعـد هـم روزی بـا شـلوار تنـگ و نقـاب قرمـز بیایـد سـراغم و زیـر شـلاق سـیاه و کبـودم کند. فقـط یادت باشـد ایـن تو بـودی که به‌خاطـر مهیج‌شـدن داسـتانت آن زن و شـوهر تشـنه بـه خون هـم را مقابل هـم نشـاندی و باعـث قتـل شـوهر او و در‌به‌دری خودش شـدی.» زبانم بنـد آمده بـود بـا ایـن جـواب ناغافـل و هوشـمندانهٔ وحید.

راسـتش را بخواهـی، خسـته شـدم از بس‌که حـوادث آن دوره را مرور کـردم. نکتـهٔ آخـر اینکه از فـرط کم‌حواسـی خیـال می‌کـردم روز آخر دست‌نوشـتهٔ صدصفحـه‌ای را داده‌ام بـه تـو و تـو حـالا داری بـا حوصلـه می‌خوانـی و در لابه‌لای خطـوط آن دنبـال حـرف پنهان‌مانـده و سـطور نانوشـته و ناخوانـا می‌گـردی. گاهـی هـم بـا حالـی تعریف‌نشـدنی، بین شـوخی و جـدی متلکی چتلکـی نثـار نثـر شـلخته‌ام می‌کنـی یـا در دل به مـن آفرین می‌گویـی که پس از سـال‌ها توانسـته‌ام مثـلاً داسـتانی درسـت‌درمان بنویسـم و همیـن پاداشـی باشـد بـرای تـو که کم‌کم کـردی تا نگاه تـازه‌ای بینـدازم بـه دوروبر خودم. خواهـش می‌کنـم حـرف وحیـد را دربارهٔ خودت جـدی نگیر، چـون صحت نـدارد و روا نیسـت در ردیـف وحیـد قـرار بگیری و احسـاس گنـاه کنی.

(نامهٔ سرگشاده یا سرگشوده)

در ضمـن طی نامـه‌ای گوشـه و کنایـه‌ای زدم بـه وحید خیاط‌زاده که شاید مضمـون آن بـه کار تـو هـم بیایـد. هرچنـد بی‌انصافی کـرد و گفـت کـه از گذشتـهٔ مـن چیـزی بـه یـاد نمی‌آورد، امـا مـن مثل همیشـه یـار دیرین و بچه‌محـل سـابق خطابش کردم. نوشـتم... از خود تو شنیده‌ام کـه اثر هنری بایـد بـر حسـب میـزان سوددهی آن داوری شـود، نـه صرفاً بـا معیارهـای زیباشناسـانه، و زیبایی واقعیـت فراتر از زیبایی هنری اسـت، چراکه هنرمند در جامعـه پـرورش می‌یابـد و محصـول جامعه اسـت. پس هرگونـه گریز و پرهیـزش از جامعـه خیانـت بـه حقیقت شـمرده می‌شـود.

نمی‌خواهـم حرف‌هایـی بزنـم کـه تـو را برنجانـم، ولـی ناچـارم بگویم اگـر عـذاب زندگـی مـن به‌عنوان یکـی از اعضـای جامعـه روی دسـت تـو و مهرعلـی عزیـزم به‌عنوان دو محصـول جامعـه نمانـده اسـت، مصـداق عالمـان بی‌عمـل و درختـان بی‌ثمریـد. زنی، دختری بر اثر نداشـتن پشتوانهٔ مالـی و اعتبار خانوادگی توسـط کسـانی نادیده گرفته شـده کـه از آن‌ها انتظار نمی‌رفتـه سهل‌انگار یـا بی‌انصـاف باشـند. حـالا آیـا زمـان و مـکان در تلف‌شـدن زندگـی آن زن مؤثـر بـوده اسـت؟ آیـا آن زن به‌عنوان یک انسـان در لحظـهٔ وقـوع حادثـه و آنچـه جامعـه آن را گناه می‌نامـد، مثلاً در اروپا یا آمریـکا بـود، بـاز هـم گناهکار شـناخته می‌شـد و شـماها سهل‌انگار؟

انگار آن سـال‌ها هـر سـه در نمایشـنامه‌ای بـازی می‌کردیم که امیـد در آن بـا چاقـوی ندانم‌کاری سـلاخی می‌شـد. نقش مـن زمانی بـه اوج خود رسید کـه شـما دو دوسـت بـا سـوت تماشـاچی‌ها که معلوم نبود از سـر تشـویق است یـا اعتـراض، بیـرون رفتیـد. و چـون واکنش تماشـاچیان را به حسـاب تشـویق خـود نوشـتید، بـه اجـرای نقـش خـود ادامـه دادیـد. هـر دو به‌عنوان بازیگران مـرد (روی مـرد تأکیـد دارم) قـادر بودیـد هم‌ردیـف کارگـردان، فکر و اندیشـهٔ خـود را در نمایشنامهٔ زندگی جاری سازید. کـه جـاری سـاختید. خـود را

نوشـتید و چـون با زمانـه هماهنـگ بـود، با هر کلامـی خوانندهـا و بینندهای
فراوانـی را دنبـال خـود کشـاندید. ولـی من چـه؟ منی که بـرای بیان هر فکر و
عملـم دلیلـی بایـد مـی‌آوردم. ایـن و آن را می‌دیـدم و بـرای هـر هدفـی ابزاری
گدایـی می‌کـردم. ابزاری کـه شـما مردهـا از روز ازل داشتید و مـن نداشـتم.
در ایـن نمایشنامه خیلـی چیزهـا نابرابـر تقسـیم شـد. زمان بـرای گریه‌کردن
مـن طولانـی شـد و بـرای خندیـدن شـماها طولانی‌تـر. سخن‌گفتن و دیالوگ
برقرارکـردن بـرای مـن محدود شـد و سـکوت بـرای شـماها محدودتـر. پیامد
آن، گریه‌هـای طولانـی مـن و خنده‌هـای بی‌امان شـماها امـری روشـن و
متـداول اسـت. همچنین تفـاوت پاداش‌های مـادی و معنوی من و شـماها در
آن خطـه‌ای کـه همـه دچار جزم‌اندیشـی تاریخـی بودیم.

شـهلا‌نامی محکوم به اعدام که همسـر پسـله‌پنهان یکی از آن نامداران بود،
در دادگاه گفـت: «مگـر علمـا نمی‌گوینـد، انسـان‌ها گل‌هـای بـاغ خداوندند،
پـس بـه چـه دلیـل گلـی را زیباتـر از گل دیگـر جلوه می‌دهنـد؟» حـالا ای یار
دیریـن، ای اسـتاد بزرگـوار، زمانـی در برابر واقع‌گرایـی بـه اوج می‌رسـی کـه
تصمیم خـود را بر مبنـای آنچه حقیقت دارد بگیـری، نه آنچه طیـف گوناگون
خواننـدگان از تـو می‌خواهنـد. همـواره آن قضاوتـی کـه در جامعـه از مـن و تو
و مـا می‌شـود، بـا آن قضاوتـی کـه هـر یـک از مـا از خودمان داریـم، خیلـی
تفـاوت دارد. پـس خودمان را زیـادی دسـت بـالا و تافتۀ جدابافتـه تصور نکنیم.
شـما صاحـب هـر مـرام و مسـلکی کـه باشـی، اگـر آزادی همـگان را در برابر
قانون قبول نداشـته باشـی، روزی خـودت هم از آن منیّت و خودبزرگ‌بینی آزار
می‌بینی. از این زاویـه می‌شـود گفت نویسـنده و شـاعر مردمی کسـی نیسـت
کـه بـا شـعارهای پررنـگ و لعـاب بیشـترین خواننده و ستایشـگر را بـرای خود
دسـت‌وپا کنـد، بلکـه کسـی اسـت کـه فرهیخته‌تریـن خواننـدگان را پـرورش
دهـد. اعتـراف می‌کنـم که مـن فرهیخته نیسـتم.

مـن زادهٔ همـان شـهری‌ام کـه تـو و مهرعلی عزیـزم در آن پـرورش یافته‌اید. ولـی از بد حادثـه کمی دورتر از مرکز شهر به‌دنیا آمده‌ام. روستاواره‌ای که آب چاهـش حکـم آب حیات داشـت بـرای کاهو. لبـاس تمیز و نو را تن مسـافرانی می‌دیدیـم کـه بـا ماشین‌های بـزرگ و کوچـک به‌طـرف قم یـا شـهرهای دیگر می‌رفتنـد. چشـم‌های مـا آلبالوگیـلاس می‌چید وقتی می‌دیدیم وانت‌بار سلف‌خرها کنار جاده می‌ایسـتادند برای فروش کاهویی کـه تنها محصول خانه‌هـا و مـزارع کوچک اطـراف ما بود. بزرگ‌شـدن مـن تا پنج‌سالگی اتفاق خوشـایندی بـود بـرای خانـواده‌ام. احسـاس گنگـی داشـتم کـه مـرا از دیگران متمایـز می‌کـرد. چه امتیـازی داشـتم؟ نمی‌دانم. فقـط می‌دیدم قـادرم در آینده مـرگ پـدر مقنـی‌ام را کنار چـرخ چاه فرسـوده بنویسـم. همچنین نشسـتن کنار ناپـدری قلچماقـی کـه بـا لبـی خندان مـن و مـادرم را بـا وانتی سرشـار از بوی کاهـو بـرد حوالـی بیابان پایین‌دسـت راه‌آهـن تهران.

بـا دیدن سقف آجری خانهٔ عمه، روستا و آب چاهـش را فراموش کردم، چرا که آب لوله‌کشـی بـا شـیر فشـاری سـر آن کوچهٔ مارپیچ بهترین سرگرمی مـن بـود بـرای پاکیـزه زندگی‌کـردن. همچنیـن دیـدن بچه‌هایی کـه سـه تا در میـان مدرسـه می‌رفتنـد. هرگـز نفهمیـدم چـرا یک‌بـاره مـادرم زرد شـد و دیگر نتوانسـت بـرود خانه‌هـای دو سـه محلـه بالاتـر کلفَتی. مـن اما هـر روز صبح بـا صـد تا پاکت فـال حافظ می‌رفتـم تو کوچه‌پس‌کوچه‌هایی کـه تـازه یکی‌یکی آسـفالت می‌شـد، فروختـن فـال حافظ مقابـل سـاختمان عظیم راه‌آهـن و دیـدن زنان بـا کفش‌های پاشنه‌صناری و مـردان کراواتـی، آغاز فهم مـن بـود از شهرنشـینی. مـادرم کـه مُـرد، آن ناپـدری درازدسـت، پایـش را از گلیمـش بیرون گذاشت. اما عمـه‌ام که زن باوجود و پارسـایی بـود، زد تخت سـینهٔ او و مـرا فرسـتاد بـه پرورشـگاهی تازه‌تأسـیس کـه قـادر بود مـن زخمی نه‌سـاله را سـر کلاس اول دبسـتان بنشـاند.

ولع من برای خواندن و نوشتن چیزی نیست که بعدها تو و مهرعلی عزیزم ندیده باشید. دلبستگی دیوانه‌وار به ادبیات و هنر مرا از دیگر هم‌کلاسی‌ها جدا می‌کرد. سرافرازی می‌داد بی‌آنکه بدانم اجزا و عناصرش تا کجاست. از شوق هر شعر و داستانی را نجویده می‌بلعیدم. کتاب و مجله‌های کهنه را از زیر سنگ هم شده بود پیدا می‌کردم. نه از فیزیک و شیمی سر در می‌آوردم، نه از ریاضیات. هر سال با تک‌ماده و تبصره می‌آمدم بالا. بچه‌های محله هم همپای من گیج و گنگ و ناموزون رشد می‌کردند. آرزو می‌کردم همه مثل من باشند؛ صاف و صادق و صمیمی که افسوس. نشستن پشت میزهای کافه نادری اوجی بود که نخست با تو و سپس با مهرعلی عزیزم تجربه کردم که باز هم افسوس...

افسوس به این خاطر که طی سال‌ها آن چیزی که بین من و تو و مهرعلی اتفاق افتاد، می‌بایست به شناخت شخصیت هر یک از ما کمک می‌کرد، که نکرد. چون هیچ کنترلی روی آن نداشتیم. اندیشهٔ همسان‌نگری زن و مرد با معیارهای جهانی مثل نسیمی زودگذر از کنار ما گذشت. من تازه متوجه می‌شوم که یک انسان مترقی امروزی نمی‌تواند به کسی که با او بده‌بستان عاشقانه داشته بی‌احترامی کند و رفاقت را در نظر نگیرد. درست وقتی که من نطفهٔ تو را در شکم داشتم و دلم می‌خواست باعث و بانی آن را به‌عنوان دوست‌پسرم یا نامزد آینده یا شوهرم به کسی معرفی کنم، تو ترکم کردی. انگار من برای تو تکه‌گوشتی خوش‌خوراک بودم که از کبابی روبه‌روی خیاطی پدرت خریده بودی و به نیش می‌کشیدی. افسوسِ دیگر آنجاست که اگر جای من و تو عوض می‌شد، تو به‌عنوان یک مرد چه کارها می‌توانستی بکنی و چه امکاناتی در اختیارت گذاشته می‌شد تا مثلاً من بدعهد را از آنِ خود کنی و صاحب آن نطفه آن نطفه شوی.

۳

خطابه‌های ناتمام

یادم باشد راوی دو بار در متن بگوید:
«خلق لحظات ناب داستان مثل آمدن و
رفتن از مابهتران است در خیابانی مهآلود،
هرچند خیلیها آن را باور ندارند، اما با
رفتوآمد مکررِ چنین موجود وهمآلودی،
خیلیها ازجمله هنرمندان و داستاننویسان
وسوسه میشوند از آن تصاویر بین عین و
ذهن سود ببرند.»

مهرعلـی پـس از خوانـدن نامـهٔ بی‌امضا و تاریـخ لیلی مجدعلیـان، یاد جملهٔ معـروف نیچه افتـاد: «همه‌چیز زن معماست و همهٔ معماهـای او برمی‌گردد بـه قابلیـت آبستن‌شـدن او.» یـادش نیامـد نیچه بـرای گفتـن ایـن جمله چه صغـرا و کبرایی چیـده و اسـتدلالش چه بـوده و اصـلاً نیچه بـوده یـا... مقابل آینـه بـه خـودش خندیـد. دلش می‌خواسـت نـه به‌صورت ذهنی بلکـه عینی بـه لیلـی کمـک کند تا او سـوق داده شـود طـرف آرزویـش که همانـا ورود به عالـم نویسـندگی حرفـه‌ای بود. خـود را متعهـد می‌دید در ادامهٔ آن گذشـته‌ها کـه بارهـا او را تشـویق بـه نوشـتن کـرده بود، حـالا هم شـرایطی فراهـم آورد کـه او برگـردد سـر ذوق دلخواهـش. این میان خـودش هم از کابـوس رودررو قـراردادن زنـی بی‌پنـاه بـا قاتـل فرزندانـش، خلاصـی یابد. چرخیـد طـرف میز تحریـر تـا مثـل همیشـه لبخندزنـان بغلـی نیمه‌پـر و دفترچـهٔ قطـع پالتویی را بـردارد. در راه خـروج، سـیگاری آتـش زد و بـا نگاهی بـه آینه رفت به جایی کـه بایـد می‌رفت.

معمـولاً پنـج عصر می‌رسـید به انتهـای سـربالایی خیابان فرعی سـاقی. پس از نگاهـی بـه خیابـان فرعـی باقـی و نگاهـی بـه دارودرخت‌هـای پرگنجشـک و

مغازه‌هـای پرمشتری خیابـان اصلی، در امتداد رفتن‌ها رسیـد به سـوپرانقلاب کـه درسـت روبـه‌روی در اصلـی پـارک بچه‌هـا بـود. کمی پایین‌تـر، دکـهٔ روزنامه‌فروشـی آقامرتضـی سـاحل، دوسـت و بچه‌محـل دوران کودکـی‌اش به‌چشـم می‌آمـد. با خـود گفت خوش‌به‌حـال این دوست کـه از همان بچگی عاشـق کاروکاسبی بـود و حـالا صاحب خانـه و دکهٔ پررونق روزنامه‌فروشـی شـده و بـا عـروس و دامـادش زندگی می‌کنـد... بـا یـاد زندگی خـودش، لحظاتـی غمگیـن شـد. بعد به‌حالـت عـادی برگشـت و نوشـت: «همهٔ مـا جزایـری تنهاییـم و هـر یـک بـه راه خـود می‌رویـم، امـا ایـن میـان لیلی با آن کودکـی دشـوار از همـه تنهاتـر بود.»

«بـود» را خـط زد و نوشـت «اسـت». بـا شـنیدن صـدای هیاهـوی کـودکان از دوردسـت، خطـوط سـفید و موازی دو سـوی چراغ سـبز راهنما را پشـت سـر گذاشـت. لحظاتـی خـود را بـا لباسـی مندرس امـا تمیز میـان بچه‌هایـی می‌دید کـه در پـی هـم می‌دویدنـد تـا بـه پـارک برسـند. سـر هـم داد می‌کشـیدند یا دسته‌جمعی بـه چیـزی می‌خندیدنـد. به‌نظر می‌آمـد سرپرسـت خـود را گـول زده‌انـد تـا شیطنت‌هایشـان را لاپوشـانی کننـد. یادش آمـد چگونـه چنـد قورباغه از مـرداب پرازگل‌ولای پشـت مدرسه‌شـان گرفت و بـرد سـر کلاس حسـاب و هندسـه... تـا برسـد بـه دکهٔ سـاحل از بچگـی در آمـد. گاه خـود را جوانی شـیک‌پوش می‌دیـد کـه همـراه لیلی جـوان از کنـار میله‌هـای سـبز آهنـی پارک بـالا و پاییـن مـی‌رود و پیرامـون عواقب خـوش و ناخـوش انقلاب بـر زندگی خصوصی و عمومـی مـردم صحبت می‌کند. نوشـت: «نبایـد تنها چیـزی که از آن دوران همبسـتگی و پیوسـتگی و شـعارهای آرمان‌خواهانهٔ قشـنگ بماند همین هشـدارهای ارشـادی باشـد بـه پسـرها و دخترهـا بابت نـوع پوشـش و آرایش.» در پیاده‌رو نزدیک دکهٔ سـاحل بود که موتورسـواری با کاسـکت مشـکی ناگهـان مقابـل او ویـراژ داد و از روی پـل آهنـی کنـار دکه پرید وسـط خیابان

اصلی. جلـو ماشیـن پلیـس راهنمایـی تک‌چـرخ زد و از لابـه‌لای اتومبیل‌ها لایـی کشـید و پُرگاز رفت سمت شـمال. آقامرتضـی گفت: «می‌بینـی آقایان چطـوری جلـو خودی‌هـای خطـاکار مثـل کلـوخ چشـم‌دار صُـمٌّ بُکْـم نگاه می‌کننـد؟ حـالا اگـر پسـر بی‌پـول و پارتیِ مـن بـود، یـک هفتـه موتـورش را می‌خواباندنـد و دسـتِ‌کم دو هفتـه هـم خـودش را عـلاف می‌کردنـد!» بی‌آنکـه جـواب بدهـد، سـیگار و روزنامـه برداشـت. آقامرتضـی فوری نوشـت بـه حسـابش و گفـت: «انـگار دوبـاره سـرت تو خمـره گیـر کـرده و کلافـه‌ای! طبیعـی درنمی‌آیـد، سـزارین کـن! بفرسـتش تـو لولـهٔ آزمایـش و بگـذارش سـر طاقچـه تـا موعـدش برسـد. آن سـال‌ها تکیه‌کلام خـودت بـود، یـادت نیسـت؟» و مثـل بعضـی از آدم‌هـای بی‌دنـدان خجالت‌زده لب‌هایش کشیده شـد تـوی دهـان و خندید.

از ایـن جملـه خوشـش آمد. جرقـه‌ای در پـی داشـت. لبخندزنان پرسـید ایـن دوروبرهـا متخصص سـقطِ جنین سـراغ نـداری؟ این‌بار آقامرتضی جدی گفـت: «اگـر زن گرفتـه بـودی، خـودت آدرس‌هـا را داشـتی. یـادش به‌خیر! حوالـی انقـلاب چنـد بـاری بـا دختر خانم ملوسـی ایـن دوروبرهـا دیدمت. خوش‌حـال شـدم کـه داری می‌آیی قاطـی مرغ‌ها، ولـی گفتی یکـی از رفقای قدیمـی بی‌احتیاطـی کـرده شـکم دختـرک را بـالا آورده و غیبـش زده و... یـادت نیسـت دنبـال کسـی می‌گشـتی کـه اسـترلیزه خلاصـش کند تـا از کار نوشـتن نیفتـد؟ حـالا بـاز هم طـوری نیسـت. اگـر دنبـال چنین سـوژه‌هایی هسـتی، بـرو سـراغ شـاگرد سـوپرانقلاب. هرچند شـنیده‌ام دوگانه‌سوز است، ولـی دوسـره بـار نمی‌کنـد. دسـتش بـاز اسـت و تـو کار راه‌انـدازی، نمره‌اش بیسـت. سـرش درد می‌کنـد بـرای این جـور کارهـای خیـر.»

به سـرعتِ انتقـال آقامرتضی آفرین گفت. کمی آن‌سوتر نوشـت: «خطوط عابـر پیـاده همه‌جـای دنیـا سـفید و مـوازی اسـت ولـی ظاهـراً امن‌تریـن جای

خیابان نیست.» شک کرد که این جمله همانی باشد که می‌خواسته همین حالا بگوید. خط زد و نوشت: «خط‌های عابر پیاده همه‌جای دنیا سفید و موازی‌اند و به جایی ختم نمی‌شوند مگر آنکه فردی عمل‌گرا از روی آن بگذرد و با عملش به آن خطوط معنای رواج انضباط و قانون ببخشد.» نسیمی وزید و برگی روی شانه‌اش افتاد. به خود یادآور شد ممکن است فردا تعبیر دیگری توسط من یا دیگری از خطوط موازی سفید ساخته شود. اما آنچه حتمی و قطعی است، حسن نیت، کاردانی و کارایی شکل‌دهندهٔ قانون است. بار دیگر از خود پرسید آیا پریشان‌کردن و مواج‌ساختن موی پسرها و دخترها که گاه خنده بر لب آنان می‌آورد، اثری نیست که نسیم‌های درگذر از خود بر جا می‌گذارند؟ نوشت: «گاهی ساده‌ترین پرسش‌ها مشکل‌ترین پاسخ‌ها را دارند.» با نوشتن جملهٔ آخر امیدوار شد بتواند سرانجام پاسخ روشن و واضحی برای مشغلهٔ گنگ درونش پیدا کند و سامانی به خطوط موازی سیاه و سفیدش بدهد.

هنگام خرید چیپس و ماست موسیر با حاج آقای صاحب سوپر خوش‌وبش کرد، بلکه در این فاصله شاگرد قلدرمآب و لوطی او را ببیند. آرام‌آرام رفت طرف کُندهٔ درختی که کنار جوی برای او گاهی نقش نیمکت را بازی می‌کرد. روی آن نشست و نوشت: «آدم اگر آدم باشد حتی اگر مثل درخت سر و تنه‌اش را بزنند، خاطراتی تلخ و شیرین در ذهن اطرافیانش به‌جا می‌گذارد. تولید فکر می‌کند و آن فکر زبانی گویا می‌یابد در تعبیرها و تفسیرهای کتبی و شفاهی که از دهانی به دهانی می‌رسند. بر روش زندگی دیگران اثر می‌گذارد و در بازتولید مکرر رو به کمال می‌رود و آن‌ها که آدم نیستند، حتی درخت هم نیستند. شبیه هر گندی که هستند، بوی تعفنشان با بی‌رحمی تمام حجم زیادی از هوای سالم را به گند می‌کشند.»

پس از خط‌زدن دو جملهٔ آخر، مثل بچه‌ها که یواشکی از دید پدر و مادر یا معلم سر کلاس چیزی می‌خورند، جرعه‌ای رفت بالا. هنگام روشن‌کردن سیگار نگاهش به جوانه‌های سبزی افتاد که از زیر پوست کُندهٔ قطور، لجوجانه یا خجولانه سر برآورده بودند. خواست بنویسد: «شاید آدمیزاد شبیه این کُندهٔ درخت است که تنه‌اش را قطع کرده‌اند، اما ریشه‌اش هنوز از زمین آب می‌مکد و نیرو می‌گیرد.» همین که دید توضیح واضحات است، پشیمان شد. با دیدن عصای دسته‌آبنوسی زیر چوب‌لباسی نوشت: «وقتی مادرم مدعی می‌شود دخترخالهٔ اقدس بوده و به صادق هدایت اجازه داده در داستان بوف کور او را قطعه‌قطعه کند و بگوید دهانش مزهٔ کون خیار می‌دهد، چرا من نتوانم در داستان پیش رو به لیلی مجدعلیان بقبولانم زمان را به عقب برگردانَد. فارغ از حادثهٔ شوهر و بچه و بدبختی‌های ارث و میراثی داستان‌های ناتورالیستی همان کاری را بکند که در دورهٔ جوانی می‌بایَد می‌کرد.»

چشم‌انتظاری زیاد طول نکشید. کارگر سوپرانقلاب از موتور مدل وسپایش پیاده شد و تندتند پاچهٔ شلوارش را بالا زد برای آب‌وجاروکردن پیاده‌رو جلو سوپر. مثل همیشه با دیدن مهرعلی سر شلنگ را پایین گرفت و سلام کرد. پاسخ او را داد و نوشت: «چنانچه لیلی باور کند هرچند دوستش دارم، اما اگر صاحب فرزند شود، قادر نیستم شناسنامهٔ او را به نام خودم بگیرم، چه‌بسا در جهانی واقعی‌تر از پیش از شرّ آن نطفهٔ ناخواسته خلاص می‌شود. اصلاً همه‌چیز را می‌سپرم دست این جوان همه‌فن‌حریف تا وضعیت جدید لیلی را سروسامانی بدهد.» با سر اشاره کرد بیا و او آمد و مهرعلی آنچه را می‌بایَد می‌گفت، گفت. خواست پول بدهد، نگرفت. گفت: «من و کاسب‌های محل می‌دانیم شما نویسنده و روزنامه‌نگاری خیرخواهِ مردمید. ما هم دوست داریم به

شـما خدمـت کنیـم. کار مـن کمک‌کردن بـه کسـانی اسـت کـه آدم‌هـای معتبر اشـتباه آن‌هـا را بخشـیده‌اند.» بعـد به کسـی زنـگ زد و مشـغول کارش شـد. طولـی نکشـید کـه موتورسـواری بـا کاسـکت مشـکی آمـد. لیلی هـم با زن پیـری بـه نـام عمه‌خانـم و دختـر جوانـی به نام شـهلا یا سـهیلا، احتمـالاً از همسـایگان از راه رسـید و همگـی رفتنـد طرف خیابـان باقی. نوشـت: «اگر لیلـی را بـا لـب خندان و سـالم برگردانـد، علاوه بـر پرداخت کلیـهٔ هزینه‌ها، یـک دورهٔ کامـل از کتاب‌هـای خـودم و وحیـد را بـه او هدیـه می‌دهـم.»

پـس از نیشـخندی بـه خـود، یـاد روزی افتـاد کـه بـا چنـد هنرجـو پیـاده می‌آمـد طـرف خانـه. پشـت چراغ‌قرمـز چهارراهـی، کنار خطـوط عابـر پیاده بـار دیگـر بحـث وسوسهٔ مسیـح کازانتزاکیـس پیـش آمـد. آن نقـاش جـوان گفـت: «تـا حدودی فهمیـدم شـما در رفتار بیرونـی چطور آدمی هسـتید، ولی هنـوز نمی‌دانم با وسوسهٔ رسـالت و تعهد نویسـندگی در درون خـود چطوری کنـار می‌آییـد.» پاسـخ داد... وقتـی احسـاس می‌کنی نـه اهورایی، نـه اهریمن و مـدام کمـی از این هسـتی و کمـی از آن، در درونت غوغایی برپا می‌شـود که آن سـرش ناپیداسـت. یکـی می‌گویـد دل بـه دریـا بـزن و هرچه نوشـتی بده به چـاپ. دیگـری فریـاد می‌کشـد وسـواس به خـرج بده و هـر نوشـته‌ای را نده به چـاپ. یکـی می‌گویـد اگر عاشـق نوشـتنی، نظر خوانندگانـت را ندیـده بگیر. دیگـری می‌گویـد نوشـته‌های مسئله‌دارت را بده ناشـران خارج کشـور. دیگری می‌گویـد متـر و معیـار عمومـی اقلیمـت را در نظـر بگیر تا خواننـدگان داخل کشـور فراموشـت نکنند و... مـن اما امیدوارم از میـان جدال‌های پرغوغای درونـی و زندگی بی‌روح بیرونـی راهی بـاز کنم بلکه زیـر چرخ‌دنده‌ها و نیروهـای پیـدا و ناپیـدای بازدارنـدهٔ رسـمی و غیررسـمی لـه‌ولـورده نشـوم. ضمـن حفـظ خصوصیـات فـردی و اجتماعـی کماکان آگاهی‌رسـان باشـم... نوشـت: «گاهـی بعضی هنرجوهـا را در سن‌وسـال جوانی خـودم می‌بینم.

در واگویه‌ای درونـی مثل معلمـی خیرخـواه بـه آن‌ها می‌گویـم کـه همـراه فراگیـری تکنیک‌هـا و تاکتیک‌هـای داستان‌نویسـی، دنبـال یافتـن اسـتراتژی یـا فلسـفهٔ زندگـی در خـود و آثارشـان باشـند. بـا تصاویـری روشـن و گویا از دردهـای مشـترک انسـانی و وجـدان بشـری، و احقـاق حقـوق فـردی حـرف بزننـد، بـه ادبیّتِ ادبیـات نزدیـک شـوند، و از کنار اندیشـه‌های چهارچوب‌پذیر حقنه‌شـده از هـر سـو به‌آرامـی بگذرنـد. در غیر این‌صـورت به جمـع اضدادی می‌ماننـد روی دسـت خـود مانـده و ضربه‌پذیـر. اگر بپذیریـم کـه در میانـهٔ کابوسـی هولنـاک و درعیـن حال سوررئال و پست‌مدرنیسـتی از خـواب بیدار شـده‌ایم، اتـکا به گذشتهٔ تاریخـی چیزی اسـت در حـد فراداسـتان و بینامتنیّت و نـه بیشـتر، راحت‌تـر زندگـی می‌کنیـم.»

سـیگاری روشـن کـرد و نوشـت: «آیا ایـن امتیاز اسـت که طـی نیم قرن بـا خـود و دیگـران صادق باشـی؟ آیـا نشـان‌دادن صداقـت در گفتـار و رفتـار و نوشـتار بـرای نشـان‌دادن شـخصیت کامـل یـک نویسـنده الزامـی اسـت؟ آیـا نویسـنده در اوج صداقـت و صراحـت در ردیـف نویسـندگان اندیشـمند هم‌عصـر خـود قـرار می‌گیـرد؟ آیا نویسـنده‌ای کـه برخـی آرا و عقایـد خود را به‌دلیـل نـوع زندگـی بیرونـی و درونـی در حـد تحمل زمانـه بیـان کرده، سـرانجام بـا نویسـندگانی مقایسـه می‌شـود کـه در پیلـهٔ انـزوا فـرو رفتـه و بـا سـکوت عمـدی و طولانـی خـود نوعـی مقاومـت منفـی را پیـش می‌برنـد؟ آیـا آن‌هـا کـه بـه وجدان بیدار خود میدان داده و دچـار محبس شـده‌اند، در ردیـف کسـانی قـرار می‌گیرنـد کـه تـرک وطـن کرده‌انـد و از آن‌سـوی آب‌هـا هـر چـه خواسـتند گفته‌انـد و نوشـته‌اند و اغلـب گفته‌هایشـان بـه گـوش کسـانی که باید برسـد نرسـید؟ یا اگر رسـید، فراتـر از آن نبود کـه هم‌ردیفان داخلـی او پیش‌تـر گفتـه بودنـد؟ هرچنـد می‌دانم کـه آن‌ها بـرای توجیه خـود تاریـخ و آینـده را شـاهد می‌گیرنـد.»

از خـود پرسیـد... آیـا بـه مـن ربـط دارد وحید کنـار ماکت‌های نشسـته و خوابیـده بـر کـف زیرزمیـن نمـور خیاط‌خانهٔ پـدرش خبـط و خطایـی کـرده یا ناچـار شـده بـه اشتیاقی دامـن بزنـد کـه خـودش هـم پایانـش را نمی‌دانسـته؟ اصـلاً وقتـی دو نفـر هرچنـد بی‌تجربه با رضا و رغبت کنار هم شـاد می‌شـوند، خبـط و خطایـی می‌کننـد نسبت به خـود یا دیگـران؟ آیـا وقتـی شـکایتی کتبی یا شـفاهی نشـده، شـادی بین دو نفر جرم محسـوب می‌شـود که پـای قضاوت دیگـران بیایـد وسـط؟ مگـر مـا قبـلاً چگونـه زندگـی می‌کردیـم که حـالا قادر نیسـتیم مثل هم‌عصـران خـود در سراسر دنیا بـدون الصاق قیـد و صفت‌های ناجـور و مهجـور، زندگـی عادی خـود و دیگران را سـیاه و تبـاه نکنیم؟

قلبـی رفـت بـالا و همین‌کـه رو برگردانـد طـرف دکهٔ روزنامه‌فروشـی سـاحل، لیلـی جـوان را دیـد کـه از تـرک موتـور شـاگرد سوپرانقلاب پیاده شـد. پاکشـان و لنگان، امـا خنـدان آمد و آمـد تا مقابل او ایسـتاد. مقنعه یا روسری‌اش را برداشـت و گفـت: «مـن دیگـر بـه خانهٔ آن جناب آقای شـوهر برنمی‌گـردم. مهـرم را می‌بخشـم و اگـر طلاقم نـداد، بلدم چطوری با کمک ایـن دوسـتان خوبـم شناسـنامهٔ جدیـد بگیـرم. فقـط می‌مانـد پیداکـردن کار جدیـد و اتاقی بـرای خـوردن و خوابیـدن و نوشـتن. دیگـر اجازه نمی‌دهـم سرنوشـت پـدر و مـادرم بـر مـن تحمیـل شـود. یـک عالـم سـوژه دارم برای نوشـتن. از همـه مهم‌تـر، دوسـت خوبـی دارم مثـل تـو فقط حیف کـه...»

نمی‌دانسـت جملـهٔ لیلـی را چگونـه به‌پایان برسـاند، زیـر لـب زمزمـه کـرد... آرزو می‌کنـم از پریشـانی دربیایـی. از جایـی شـروع کنـی کـه نامـهٔ خطـاب بـه وحیـد را تمـام کـردی... لیلـی جـوان پاسـخ داد:

«اول مـی‌روم سـراغ زوج‌هایـی که یکی‌شـان ذوق ادبی – هنـری دارد. بعد می‌رسـم بـه زوج‌هایـی کـه هـر دو ذوق ادبی – هنـری دارنـد. هنـوز نمی‌دانم مردهای آشـنا و دسـت‌اندرکار ادبیات مشکلات زن‌هایی را که دسـتی در قلم

دارنـد، بـه‌راحتـی می‌پذیرنـد یـا نـه. ای‌کاش بـه‌جای آقـا وحید خیاط‌زاده و آن شـوهر پریشـان بی‌نام‌ونشـان، تـو شـوهرم بـودی. شـک نـدارم حـالا در دلت بـه مـن می‌خنـدی امـا نمی‌دانم چرا بـا دیدن وکیـوم شـعر «بـه علی گفت مـادرش روزی» فـروغ در مجموعـهٔ تولـد دیگرش افتـادم. یادم بـود که چقدر این شـعر را دوسـت داشـتی.» بـا دیـدن لبخند مهرعلی برگشـت رو بـه ازدحام اتومبیل‌هـا و جلـو پیکانـی را گرفـت کـه می‌رفت طرف شـرق. هنگام نشسـتن در صندلـی عقـب چهـره‌اش طـوری درهـم رفـت کـه مهرعلـی یـاد آدم‌هـای مارگزیـده افتـاد. نمی‌دانسـت واژهٔ مارگزیده یک‌بـاره از کجـا آمـده بـه ذهنـش.

روزی حوالـی انقـلاب از کافـه نـادری پیـاده رفتنـد طـرف میدان بیسـت و چهـار اسـفند. بـا شـنیدن شـعارهای جـاری در شـهر بحـث اغنیا و فقـرا درگرفـت. لیلـی گفـت: «تو تـا حـالا در مخروبه‌هـای جنـوب تهـران مارگزیده نشـده‌ای تـا بدانی چـه ترسـی دارد.» وقتی پوزخنـد مهرعلـی را دیـد، ادامه داد: «مـادرم کـه مُرد، قبـل از رفتن بـه پرورشـگاه مجبور بودم به‌کمک اشعار حافظ لقمه‌نانی وصلـهٔ شکم خـودم و آن ناپـدری درازدسـتِ دریده‌چشـم کنم. روزی در راه خانه، حوالی چاه آبی متروکه ماری سـفید از پشـت سـنگی سـیاه بیـرون آمـد و نیشـم زد. از تـرس بی‌کسـی سراسـیمه دویـدم تا به کسـی برسـم. بـه هـر کسـی! روی خـط راه‌آهن از پـا افتـادم. هـم خـودم می‌لرزیدم هـم آن ریـل از تـرس قطـاری ناپیدا لـرزه به جانم می‌انداخت. پسربچه‌های آن محلـه کـه رسـیدند بالاسـرم، فکـر کردنـد همـان دختـر هشت‌ده‌سالهٔ فال‌فـروش آمـده روی ریـل خوابیـده تـا به آن‌هـا ثابت کنـد از همه شـجاع‌تر اسـت. مـچ سـرخ پـای چپـم را نشـان دادم. مـرا از روی ریل کشـیدند کنـار. قطـار کـه رد شـد، یکی‌شـان کـه شاشـش کـف کرده بـود بـاور نکـرد مارگزیده شـده‌ام. خم شـد و به‌هـوای برداشـتن فال حافظ ماچم کـرد و قاه‌قاه خندید. دیگـری دویـد طـرف دکان پـدرش. نمی‌دانـم بعد چه شـد که وقتی چشـم باز

کـردم، دیـدم تـوی همان بیمارستانی هستـم کـه ولیعهد محمدرضاشـاه به‌دنیا آمـده بـود. تـا وقتـی خواهـر ناپـدری آمـد سراغـم آرزو می‌کردم کاش بخت یـاری کنـد و بشـوم بچـهٔ سـرراهی یکـی از درباری‌هـای آن زمان. هنـوز قصهٔ سـیندرلا را نخوانـده بـودم تـا در رؤیـای وصلـت بـا ولیعهد باشـم.

یـادش آمـد روزی کـه لیلـی ایـن خاطـره را تعریف کـرد، دو ماه بـود کـه با مغناطیـس چشـمش آن گروهبـان پریشـان‌حال را مجذوب خودش یـا بهتر کـه گفتـه شـود تـور کرده بـود. حقوقـش از آن بیمارستان یـا تیمارستان آن‌قدر بود کـه بتوانـد دو سـه دسـت لبـاس و کفش مناسـب بـرای خودش بخـرد. گریزی بزنـد بـه کافـه نـادری و بـا اعتمادبه‌نفس حتـی پیش‌قـدم شـود در پرداخت پـول میـز. حتـی انعامی بدهـد به گارسونی که مـادرزاد شـبیه ژان پل سـارتر، فیلسـوف فرانسـوی، بـود. یـا بعـد از خـروج از کافه، پیراشـکی خسـروی بخرد بـرای تـو راه. انگار می‌خواسـت تلافی همـهٔ چیزهایـی را درآورد که طی مدت آشـنایی برایـش خریـده بـود. حتی در قبـالِ گرفتـن سـاعت جیبی کهنـه از پدر وحیـد، یـک چوب‌سـیگار نـو داده بود بـه او بابـت روز تولدش.

نوشـت: «روزی از میـدان انقـلاب فعلـی پیـاده رسیدیم جلـو در اصلـی همیـن پارکـی کـه مـن اسمـش را گذاشتـه‌ام مافـی تـا همخوانی داشـته باشـد بـا دو خیابـان فرعـی سـاقی و باقـی. هیاهـوی پرصـدای بچه‌هـا بـرای عکس یـادگاری گرفتـن بـا خرس و خرگـوش غول‌آسا بـرای من و او جـذاب بود. کمی کـه بـه قـرِ کمرِ خـرس و هویـج پلاستیکـی خـوردن خرگـوش خندیدیم، لیلی گفـت: «گریـهٔ پنهان خـرس و خرگوش را می‌بینی؟» گفتم آیـا خواننـدگان آتی مـن و تـو منتظرنـد علاوه بـر نشـان‌دادن ایـن تصاویر بـا آب‌وتـاب بگوییم که ایـن جوان‌هـا از جنـوب شـهر آمده‌انـد اینجـا تـا مثلاً اندکـی پـول درآورند و کمک‌خـرج پـدر و مادر خود باشـند؟ بعد هم مـن و تو نویسنده بی‌تمهیدات هنـری نقـب بزنیـم بـه نابرابری‌ها و بـاز هـم با روده‌درازی شـعارهای دمِ‌دسـتی

چاشنی آن کنیم؟... لیلی پاسخ داد: «شنیده‌ام از بچگی با فقر مادی و معنوی طبقهٔ ما آشنایی. خیلی هم درباره‌اش نوشته‌ای، اما طوری نوشته‌ای که مخاطبان اصلی یا آن را ندیده‌اند یا سوادش را نداشته‌اند که بفهمند باید با هوش و ذکاوت خود حد فاصل سطور و آن سکوت‌های آشکار و پنهان پشت کلمات تو دشوارنویس را بخوانند.»»

مهرعلی نه آسان‌گیر بود و نه دشوارنویس. در سکوت از جلو دکهٔ روزنامه‌فروشی آقامرتضی ساحل و خیابان فرعی ساقی و باقی و سوپر پاسارگاد (انقلاب فعلی) و سمساری وارطان گذشتند. در راه بازگشت به‌سوی دکهٔ آقامرتضی، لیلی گفت: «تو و وحید می‌دانید عاقبت این شعارهای مردمی به کجا می‌رسد و چرا من ناخودآگاه می‌ترسم از عاقبت خودم؟ هیچ سندی ندارم برای ترس، ولی سرسام گرفته‌ام از این صداهای دلهره‌آور که در ظاهر از امثال من جانب‌داری می‌کند و انگار در باطن زیرآبم را می‌زنند؟» سیگاری روشن کرد و ادامه داد: «یادت هست روزی گفتی همهٔ ما آنچه را می‌بینیم و می‌نویسیم، روزی پاک می‌کنیم تا آنچه در تخیلات متصور شده‌ایم به‌طرزی هنرمندانه و با انشایی تمیز بازنویسی کنیم؟ این به چه معناست؟ یعنی ما محکومیم چند بار زندگی کنیم و هربار منتظر فرصت بعدی شویم تا خودمان و دیگران بفهمند چی در سر ماست که نمی‌توانیم به‌صراحت بیانش کنیم؟»

آن روز مهرعلی ضمن ابراز خوشحالی از یادآوری چنین جمله‌ای از طرف لیلی روبه‌روی او ایستاد: «تابستان بیست و چند سال پیش، وقتی قرار بود اول مهر بروم کلاس سوم دبستان، خانهٔ من و این آقامرتضی کمرکش خیابانی نزدیک فرودگاه مهرآباد بود. نه آسفالتی، نه چراغ راهنما و جدول جوبی، هیچی هیچی! یک عالم بچهٔ تراخمی و سالکی بودیم کنار آب آلودهٔ جوهای سرباز. تفریح ما هم چیزی نبود جز

دیـدن معرکه‌گیرهـا و پهلوان‌هـای زنجیرپاره‌کـن و شامورتی‌بازهای اغلـب معتـاد. یـادم نیسـت از کجـا شنیده بودیـم هرکس پیراهنـش را پشت‌ورو بپوشـد، شامورتی‌باز یـا همـان تردسـت و شعبده‌باز دیگـر نمی‌توانـد از قوطی استوانه‌ای خشـک و خالـی‌اش لیوانی پرازآب دربیـاورد. یـا اگـر مـاری در دسـت دارد، بـه چشم‌هایش طـوری نـگاه کنـد کـه او خوابـش ببـرد. یـا طـوری نی‌لبـک بزنـد کـه مـار گردن‌کشـان و رقصـان از جعبـه بیـرون بیایـد و... مارگیر بتوانـد کاسـه بگردانـد و خـرج زن و بچـه یـا مـوادش را بگیـرد. یکـی از آن روزهـا شامورتی‌باز مارگیر که انـگار هیجان شیطنت‌آمیز مـن و مرتضـی را احسـاس کرده بـود، در همـان اول معرکه با عصـای دسته‌سیاهش دایـره‌ای روی زمیـن خاکـی کشـید. زد روی جعبهٔ مـار و گفـت: «ایـن مـار، مارهـای فراوانـی خـورده و افعـی شـده، بعیـد نیسـت ناگهـان بیـرون بپـرد و بچه‌هـای شـیطان و خرمگس معرکـه را بـا نیـش زهرآلودش خاکسـتر کنـد...»

مـن و مرتضـی شـنیده بودیـم اگر پیراهن و شـلوارمان را پشت‌ورو بپوشـیم، حتمـاً حتمـاً معرکه‌گیـر را سنگِ‌رویخ می‌کنیم، امـا همین‌که دیدیم یـار و با آن قد دراز و ریـش بلنـدش مثل همیشـه تردستی‌اش را به‌خوبی انجام داد و شـروع کرد بـه گردانـدن کاسـه و گرفتـن پـول، عصبانی شـدیم. مرتضـی با لگد زد زیر بسـاط مارگیـر و تـا آمـد فـرار کنـد، چنـان سیلـی محکمی خـورد کـه صداش تـو گوش مـن هـم پیچیـد. مـن اما قوطی شامورتی را برداشـتم و دوتایی تا نفس داشـتیم دویدیـم. سـرانجام پشـت یـک گاوداری مـن به راز قوطی دولا یه پـی بردم.»

لیلـی خندیـد و گفـت: «می‌دانم در این خاطره سـطور نانوشـته‌ای وجود دارد، ولـی بیـا بـه داد مـن برس. مُـردم از بی‌کسـی. بگو چـه‌کار کنم بـا این بـرّه‌تودلی؟ شـک نداشـته بـاش اگر شـعارها رنگ‌وبوی خـدا پیغمبـری نمی‌گرفت، به خودم اجـازه نمی‌دادم بـا دیـدن این‌همه بچهٔ بی‌کس‌وکار یکی بـه آن‌ها اضافه کنم.»

مهرعلـی، خسـته از یادآوری‌های مکـرر برمی‌خیزد و سـیگاری می‌گیراند. در ابتـدای خیابان سـاقی، زنـی، مـادری فریـاد می‌زنـد: «علـی! ذلیل‌مـرده! تنـد پـا نـزن. تـو سـرازیری می‌افتـی!» او پـس از دورشـدن از پنجره یـاد روزی می‌افتـد که شـعر «به علـی گفـت مادرش روزی» را سـر کلاس ادبیات فارسـی دبیرستان خوانـد. دبیـر ادبیـات کـه مقاله‌نویـس قدیمی یکـی چنـد روزنامه و مجله بود، بابت دکلمهٔ خوب آن شـعر قول می‌دهد او را ببرد استودیو گلسـتان و بـا فـروغ فرخـزاد آشـنا کنـد. مهرعلـی جـوان در پوسـت خـود نمی‌گنجـد. فـروغ، گلسـتانی بـود بـرای خـودش و... امـا وقتی عصـر، خوشـحال و خندان از دبیرسـتان بیرون می‌آیـد تـا این مـژده را بـه مـادرش بدهـد، در روزنامه‌های عصـر می‌خوانـد کـه فروغ فرخـزاد در تصادف اتومبیل کشـته شـده اسـت و... آن دبیـر خوش‌قـول در ظهیرالدولـه رو بـه او و دو هم‌کلاسـی دیگـرش گفت: «پـرواز را به‌خاطـر بسـپار، پرنده مردنی‌سـت.»

نوشـت: «کاش لیلـی آمـده بـود پیشـم و در تأییـد آن رنج‌نامهٔ کذایـی و اشـاره‌اش بـه مضیقه‌های اقتصـادی می‌گفتم، من هـم مثـل او در بی‌پدری بزرگ شـدم، امـا اقبالـم بلنـد بود کـه مادری بـا درآمـدی مسـتمر، در حـد بخورونمیر بـالا سـرم بـود. مـادری پـر از افسـانه‌های جـن و پـری، پـر از قصه‌هـای هـزار و یـک شـبی، پـر از واقعیت‌هـای تلـخ زندگـی، پـر از جعبه‌هـای شـکلات و شـیرینی و اسباب‌بازی‌های پشـت ویترین‌هـای شیشـه‌ای دورازدسـترس. امـا هـم او بـود که با شـور و شـوق فراوان، تشـویقم می‌کـرد روزنامهٔ دیواری درسـت کنـم. اخبار هنری مدارس اسـتثنایی و دانشـگاهی بـرای روزنامه‌های عصـر، داسـتان‌های خیلـی کوتـاه طرح‌گونـه چـاپ کنـم در مجله‌هـای مثلاً روشـنفکری. حـالا کـه نـگاه می‌کنـم، می‌بینـم مـن هـم مثـل او هیچ‌چیـز نمی‌خواسـتم جـز خوانـدن و نوشـتن و همیـن نشـانهٔ خوبـی بـود بـرای کشـف خویـش و آگاهی‌رسانی به دیگـری.»

مهرعلـی بـا شـنیدن صـدای آژیـرِ گشـت کـه محتوایـی جـز هشـدار به پسـرها و دخترهـای جـوان نداشـت، یـادش آمد اندکـی پیش یا پـس از مرگ فـروغ، او بـا مسئول گـروه تئاتـر دبیرسـتان، نمایشـنامه‌ای روی صحنـه بـرد به‌نـام «معجـزهٔ پسـر یوسـف». نقـش گوینـدهٔ ابتـدای نمایشـنامه را خـود به‌عهـده گرفـت. یکـی از اعیـاد ملـی یا مذهبـی بـود و سـالن آمفی‌تئاتـر دبیرسـتان شـلوغ. رو بـه تماشـاگران کـه اغلـب پـدر و مـادر شـاگردان همان دبیرسـتان بودنـد، گفـت: «مـادران عزیـز و پـدران ارجمنـد! دخترخانم‌های زیبـا و درس‌خـوان و آقـا پسـرهای سـخت‌کوش، سـلام احترام‌آمیـز مـرا بپذیریـد. پیـش از اجـرای ایـن نمایشـنامهٔ آغشـته به طنـز و ریشـخند، میل دارم قصـهٔ عبرت‌آمـوزی بـرای شـما عزیـزان تعریـف کنـم...

در روزگاران گذشـته، شـاید دویسـت سـال پیـش در یـک شـهر زیبـای اروپایـی، مـرد نجـاری بـود به‌نـام یوسـف کـه یک‌سـال پـس از تولـد اولین فرزنـدش، همسـر زیبایـش را طـوری خفـه کـرد کـه قاضی زن‌سـتیز شـهر با دریافـت رشـوه‌ای مختصـر پذیرفـت کـه او سـرِ زا جـان به جان‌آفرین تسـلیم کـرده اسـت. یوسـف غمگیـن و افسـرده از هـر چـه متـاع ناپایـدار زندگی بـود، دل کنـد. مصمـم شـد در کوهسـتان، درون غـاری دور از آدمیـزاد منزل کنـد. رفـت حوالـی روسـتای آبا و اجداد زراعت‌پیشـه‌اش تـا دور از هیاهوی شـهر، پسـرش را چنان بـار آورد کـه او فقـط و فقط با اوراد دینـی مشـغله‌های آسـمانی و طبیعـت بکـر پیرامونـش آشـنا شـود. پیـش او حرفـی از مفهـوم لـذت یـا نیـاز و احتیاجـات جسـمانی نـزد. اجازه نـداد طـی مراحل رشـد بـا دختـری، پسـری، معلمی، رئیسـی، مرئوسـی آشـنا شـود. امیـدوار بود در آینـده مـردی پرهیـزکار و شـفادهنده چـون عیسـی مسـیح بـار بیایـد و چون موسـی از کـوه طـور پیام‌هایـی از جانـب خداونـد بـرای مردمـان بیاورد.
بـاری، هنگامـی کـه ایـن جـوان چشم‌وگوش‌بسـتهٔ بی‌گناهِ مـادر و مادربزرگ

مُرده از مرز هجده‌سالگی گذشت، روزی یوسف برای دیدن حاصل چنین آموزش و پرورش من‌درآوردی‌ای، پسرش را از غار روستا بیرون آورد تا در شهر برای کلیسای موردعلاقه‌اش اعانه جمع کند. پسر که برای اولین بار زیبایی‌های جهان پیرامونش را می‌دید، مشتاقانه نفس می‌کشید و با ولع مشاهداتش را به‌خاطر می‌سپرد. سرانجام عطش کنجکاوی‌اش برانگیخته شد، پرسید: «پدر این موجود بی‌جان چهارپا چیست که دنبال اسب می‌دود؟» یوسف پاسخ داد... گاری است. قرن‌ها پیش یکی از پیروان مسیح آن را ساخته تا کمک‌رسان انسان‌های بارکش باشد... جوان پرسید: «پدر این آب بیرون از چشمه که این‌همه پهن و دراز است و پیش‌رونده، چیست؟» یوسف پاسخ داد... رودخانه است که به امر خداوند مسیح، می‌رود تا مزارع را سیراب کند و هوای شهرها را مرطوب و بهشتی سازد.

پدر و پسر رفته‌رفته از دروازهٔ شهر گذشتند و رسیدند به معبرهای عمومی. کمی که رفتند، جوان پرسید: «این ساختمان عظیم که با سنگ‌های الوان می‌درخشد و از وسط خانه‌های کوچک سر بر آورده رو به آسمان، چیست؟» یوسف پاسخ داد... کاخ است با اتاق‌های فراوان و خادمانی صبور که حاکمان به امر خداوند مسیح از آنجا حکم می‌رانند بر زیردستان... پسر پرسید: «یعنی حکمرانان شرکای خداوندند در سرنوشت بشر؟» یوسف پاسخ داد... متأسفانه گاهی آنان دست‌دردست کشیشان حتی خود را برتر از خداوند می‌دانند و سرِخود قوانین کتاب آسمانی را زیر پا می‌گذارند. جوان پرسید: «چرا مسیح معظم هیچ دخالت نمی‌کند؟» یوسف کمی من‌من کرد و بعد ساکت ماند.

آن‌گاه در حال پیش‌روی به گروهی از دختران بگووبخند شاد برخوردند که گویا به مجلس عروسی یا مهمانی می‌رفتند. پسر جوان با دیدن لباس‌های زیبا و اندام موزون و لبان سرخ و پرخندهٔ دختران ناگهان به

خـود لرزیـد و چشـمانش درخشـید. پرسـید: «پـدر جـان این‌هـا کـه زیباتـر از مـن و تـو هسـتند و به‌سـوی مـا می‌آینـد، کیسـت‌اند و چیسـت‌اند؟ مـوی بلنـد بافتـه و سینه‌های برجسـتهٔ لـرزان بـه چـه کارشـان می‌آیـد؟» یوسـف پاسـخ داد... پسـر جـان این‌هـا جانـوران خطرناکی‌انـد کـه بـه امـر ابلیس یـا همان شـیطان، عشـوه‌گر و خیانت‌پیشـه بـار آمده‌انـد. می‌بایـد از آن‌هـا دوری کنی تـا همیشـه پـاک و درامان بمانـی... پسـر پرسـید: «پـدر جان نام ایـن جانوران خطرنـاک چیسـت؟» یوسـف پاسـخ داد... خـوب یـادم نیسـت. امـا گمـان می‌کنـم زن یـا دختـران حوا باشـند... بعد دسـت پسـرش را کشـید و گفت... پیـش بیـا و سـر برنگـردان! نـگاه کن آن اسـب کـه از روبه‌رو می‌آید چـه یـال و دم زیبایـی دارد. آن یکـی را ببیـن چـه بـه تاخت در سـاحل رودخانـه می‌رود. ایـن معابـر تمیـز و پاکیـزه و دکان‌هـای پـر از خـوراک و پوشـاک چـه بـوی خوشـی دارنـد... پسـر دسـت پـدر را رها کـرد و گفـت: «اسـب و رودخانه و کاخ به‌جهنـم. مـن زن و دختـر می‌خواهـم تا با آن‌هـا مجالسـت کنـم و بپرسـم آیـا آنـان هم پـدر احمقـی مثل مـن داشـته‌اند؟»»

آن روز تماشـاگران غـش و ریسـه می‌رفتنـد از پرسـش‌های سـنجیده و کلام شـیرین و طبیعـی پسـر یوسـف. چنـد نفـر از والدیـن لـب گزیدنـد که مبـادا فرزندانشـان در معـرض تهاجـم فرهنگـی برلینی‌هـا یـا فلورانسـی‌ها قـرار بگیرنـد. خلاصـه اینکـه وقتی کارگـردان کامـلاً بـه مقصود خود رسـید، گوینـده کـه همـان مهرعلـی جـوان بـود در ادامـه، مقدمـهٔ پرسـش اصلـی پسـر یوسـف را فراهـم کـرد. در حالی‌کـه روی صحنـه راه می‌رفت، کمی از پـردهٔ مخمل زرشـکی پشـت سـرش را کنـار زد و نمـای کوچکـی از مجلس عروسـی پسـر یوسـف را با یکی از آن دختـرهای روسـتایی نشـان داد. سـپس متذکـر شـد کـه کارگـردان مجلس عقد و عروسـی پسـر یوسـف را به‌سـبک ایرانی‌هـا چیـده اسـت و مدعویـن به‌جـای والـس، بابـا کـرم می‌رقصنـد...

پـس از خنـدهٔ حضـار مهرعلـی وسـط صحنـه ایسـتاد. گفت... بـاری آن جـوان حیرت‌زدهٔ به‌ظاهر از همه‌جا بی‌خبـر از پـدر خـود پرسـید: «پـدر جـان حـالا کـه راه می‌رویـم و گـپ می‌زنیـم و اجازه نمی‌دهـی من بـا زنان و دختران آشـنا شـوم، اجازه بده بپرسـم آن شـب، منظورم همان شبی است کـه مـرا بـا همدلـی و همکاری مـادرم از نیسـت بـه هسـت آوردی، قضایـا چـه جـوری بـود. هـان پدر؟ همـان وقتـی کـه من فقط نگاهـی برق‌آسـا و مغناطیسـی بـودم در چشـم تو و مـادرم. در آن لحظه و سـاعت چه مقدمه‌ای چیدیـد بـرای هـم یا تـو چیدی بـرای او؟ منظـورم این اسـت که می‌خواهم حقایـق و شـرایط به‌وجودآمـدن خـودم را بدانـم. آیا مثلاً مثـل حیـوان وحشـی یـا اهلـی فحل‌آمـده از روی غریـزه افتـادی بـه جـان مـادرم تا مـن هـم قضاوقَـدَری بـه دنیا بیایـم؟ آیـا در آن مـدت درهم‌آمیختگی، تـو و مادر خدابیامـرزم دربـارهٔ آینـدهٔ مـن هـم فکر می‌کردیـد؟ یا چیـزی که اصـلاً به فکرتـان نمی‌رسـید، مـن بـودم؟»

مهرعلـی کـه آن زمـان جوانی احیاناً هم‌سـن پسـر یوسف نجار بـود، به اینجـای قصه رسـید رو به تماشـاگران ایسـتاد و پرسـید... آیا شـما پدرها و مادرهـا می‌دانیـد کـه پسـر یوسـف در آن لحظه بـا کجای عالم بـالا ارتباط داشت؟ آیا پرسـش‌های دقیـق و در عیـن حـال بـدوی او و به‌صـورت معجزه در طبیعـت او جاسـازی شـده بـود یـا بر اثـر مشـاهداتی چند به آن سـؤال‌ها رسـیده بـود؟... در پایـان ایـن پرسـش زنگـی نواختـه شـد و گوینـده‌ای از پشـت پـرده نام نمایشـنامه و اسـم نویسـنده و کارگـردان و بازیگـران را گفت و مهرعلی در میـان کف‌زدن‌هـای حضـار از صحنـه بیـرون رفت تـا پس از گریـم مجـدد، نقش پسـر یوسـف را هم بـازی کند.

مهرعلـی، قهـوهٔ دیگـری می‌ریـزد. سـیگاری آتـش می‌زنـد و بـه پشـت میـزش برمی‌گـردد. پـس از حـذف خطـوط و سـطور مربـوط بـه اظهارنظر

نیچه دربارهٔ زنان می‌نویسد: «روزی که با لیلی آمدیم پارک بچه‌ها، کنار قفس پرنده‌ها ایستادیم به تماشا، غیر از مرغ عشق و فنچ و طوطی، دیگر پرندگان را نمی‌شناختیم. اسم بعضی‌شان را از آقامرتضی ساحل پرسیدیم. در ادامهٔ پرسش‌ها او آدرس خانه‌ای با روکار اخرایی در کمرکش کوچهٔ باقی را نوشت و گرفت رو به لیلی. لیلی از ترس نگرفت و برگشت رو به من. اشک می‌ریخت و دست‌های مرا در دستانش می‌فشرد. نمی‌دانستیم در آن لحظات بی‌قراری و تردید و ترس چه بگوییم و چگونه از هم جدا شویم که خشک و بی‌معنا و غیرانسانی جلوه نکند. اگر آن زمان مأمورانی مثل حالا یک‌باره آژیرکشان می‌آمدند و از ما می‌پرسیدند از کجا آمده‌اید و به کجا می‌روید و چرا دست هم را گرفته‌اید؟ یا چرا در انظار گاهی می‌خندید و اشک می‌ریزید و به هم سیگار تعارف می‌کنید و... من یا او چه پاسخی باید می‌دادیم؟ اگر لیلی فرضاً ناگهان به سرش می‌زد و باردار شدنش را گردن من می‌انداخت، آیا قدرت انکارش را داشتم یا چاره‌ای نداشتم جز ازدواج با او؟» سپس جرعه‌ای از بغلی می‌نوشد و در حال خوردن چیپس و ماست زیر یادداشت‌های قبلی می‌نویسد: برای تکمیل و اصلاح داستان می‌بایست به نکات زیر اشاره شود.

۱ ـ یادم باشد فصلی باز کنم یا در لابه‌لای داستان بگویم که مادرم مثل بقیهٔ مادرها حس محافظت از فرزندش قوی است. ولی اهل نصیحت‌کردن نیست. بیشتر اوقات خودش را می‌زند به مریضی و کم‌حواسی تا من یاد بگیرم چطوری ضمن محافظت از او از خودم نیز محافظت کنم... سال‌ها پیش، روزی بین شوخی و جدی گفتم باید زنی بگیرم که هم کمک‌حال تو باشد هم کمک‌حال من. مثل دو تا خانم همراز با هم دردِدل کنید، من هم به کارها و اشتغالات فکری‌ام برسم و... روی مبل جلو تلویزیون

تندتند شال‌گردن می‌بافت بـرای مـن و بـه شـو میخک نقـره‌ایِ فریـدون فرخـزادش نگاه می‌کرد. بی‌هیـچ نگاهی به من، دو دسـتش را مثـل بادبـزن به چپ و راسـت گرداند. حدس زدم اشاره می‌کند به آینـدۀ خـودش و دعواهـای عروس‌ها و مادرشـوهرها که شـهرۀ عام و خاص اسـت. امـا او مثـل مـادری کـه بـه بچـه‌اش بگویـد: «ذلیل‌مرده ایـن چه حرفـی بـود زدی؟» نگاهم کـرد. عصبانی شـدم. آرزو کردم کاش حـالا مثـل بیشـتر مادرهـای مریض و سرتق بهانه‌گیـر به خانۀ سـالمندان می‌رفت. امـا دلـم سـوخت و در اوج بلاهـت نشسـتم و یک‌سـاعت تمـام، بلکـه بیشـتر دربارۀ کار نویسـندگانی صحبـت کـردم کـه هـر کـدام همسـر یا منشـی بالیاقتی داشـته‌اند، موفق‌تـر بوده‌انـد و... لحظاتـی فکـر کـردم خیلـی خوشـحال اسـت کـه من سـر عقـل آمـده و صاحـب چنیـن روحیۀ قـوی‌ای شـده‌ام. حتـی می‌خواسـتم آنـا داستایفسـکی را مثال بزنـم، ولی او دوبـاره انگار که بگویـد: «واویـلا! از دسـت تـو پسـر احمـق!» دسـتش را تـکان داد. مـن مادرهـا را خیلـی دوسـت دارم. چـون به‌طـور غریزی پرسـتارند و درمانگـر، بـه پسـرها و دخترهایشـان احسـاس غـرور می‌دهنـد. تشـویق می‌کننـد برونـد ازدواج کننـد و صاحـب فرزنـد شـوند و... امـا او یـک تکانـی بـه خـودش داد. احسـاس کـردم بدش نمی‌آیـد مطلـب را عمیق‌تـر بشـکافم. ولی من حوصله نداشـتم چیزی بیشـتر از آنچـه کـه گفتـم بگویـم. هیچ‌وقت نمی‌گفتـم. گفت: «بـرو خارج کشـور و مثـل آن آل احمـد زن فرنگـی بگیـر و سـنگی بـر گـوری بنویـس.» هرچنـد برخورنـده بـود، امـا بـاز هـم شـروع کـردم بـه گفتـن از مزایـای یـک همسـر یـا هم‌خانـه‌ای اهـل هنر و ادبیـات و... یک‌دفعـه بسـاط بافتنـی را انداخت طـرف تلویزیـون. گفـت: «پس

بهتـر اسـت مـن بـروم خانـهٔ خواهـر بزرگـهٔ خـودم یـا عمـو کوچکـهٔ تـو!» خنـده‌ام گرفـت. گفتـم در ایـن خانـه دویسـت‌متری اگـر یـک دیوار بکشـیم وسـط سـالن پذیرایـی، دو تا دسـتگاه مسـتقل خواهیم داشـت و تـو و عروسـت چشم‌توچشـم نمی‌شـوید. گفـت: «حالا کـی هسـت آن زن بدبخـت یـا خوشـبختِ مادر‌مـرده؟» گفتـم تـا موافقـت نکنـی، اسـمش را نمی‌گویـم. لیلی مجدعلیـان تـو ذهنـم بـود کـه دیگـر بچـه نمی‌خواسـت. گفـت: «مـن موافقـت نمی‌کنـم چـون خوشـبختی تـو در گـرو تنهایـی اسـت.» تازه فهمیـدم دارد به چی فکـر می‌کنـد. اینکـه مـن چقـدر خـودم را نمی‌شناسـم، اینکـه هیچـی از زندگـی دائمـی بـا زن‌ها نمی‌دانـم، اینکه چه آشـفتگی‌های ذهنـی و جسـمی‌ای ممکـن اسـت در آینده سـر آدمی مثل مـن بیاید و... همـه تکـراری، تکـراری! همیـن که کفش پوشـیدم و آماده شـدم از خانـه بـروم بیـرون، تلفـن را برداشـت تـا بـا خواهـر بزرگه یـا عمو کوچکـه‌ام حـرف بزنـد. گاهـی فکر می‌کنـم آن‌هـا می‌داننـد من چه عیـب و ایـرادی دارم کـه نمی‌توانـم زن بگیـرم و بچه‌دار شـوم. باعث و بانـی ایـن حرف‌هـا عمـو کوچکه‌ام شـد کـه سـال‌ها پیـش در پایان دورهٔ دبیرسـتان یـا تـرم اول دانشـگاه چند بـار مرا دعـوت کرد خانه‌اش و بـه زنـی تن‌فـروش هـم گفـت بیایـد و سـر آخـر مجبـور شـد مـرا ببـرد کافـه‌ای و آن‌قـدر بدهـد بخـورم کـه فرامـوش کنـم از چه جنگ مسـخره‌ای سرشکسته برگشته‌ام.

۲ـ آیا نیاز اسـت بگویـم آن زمان، آزمایش (دی.ان.ای) رواج نداشـت تـا مثلاً ثابت شـود شـوهر لیلـی به او اتهام زده است.

۳ـ حتی‌المقـدور حالـت واگویه‌هـای درونـی و سیالیّـت ذهـن حفظ شـود.

۴ـ به خاطرات مادر راوی از صادق هدایت و آن زنان اثیری و لکاته بیشتر پرداخته شود. تا جایی که برابر جلوه کنند.

۵ـ مقایسهٔ تصویر راوی با عیسی مسیح طوری نباشد که شائبه‌ای پدید بیاورد از خودستایی راوی و احیاناً نویسنده.

۶ـ شرح بیشتری از فیلم مستند دربارهٔ راوی داده شود.

۷ـ گفته شود غیر از نیاز اقتصادی، راوی چه نیازی دارد که با مادرش زندگی کند؟

۸ـ در جایی از داستان راوی از خود بپرسد آیا استمرار در نوشتن نوعی عشق‌ورزی آسمانی محسوب می‌شود و عشق‌ورزی زمینی به‌معنای دوری از نوشتن.

۹ـ لیلی مجدعلیان با گونه‌های برجسته، پیشانی بلند، ابروهای باریک به‌هم پیوسته، لب‌های گوشتالود و نیمه‌باز و صورتی مهتاب‌گون تصویر شود تا شائبه‌ای پدید نیاید از شباهت او و مریم مجدلیه که ناگهان با ابروهای پهن و پیوسته و لب‌های باریک قیطانی به ذهن راوی رسیده است.

۱۰ـ چهرهٔ راوی شبیه مسیح باشد، اما با لب شکری پنهان‌شده زیر سبیل و موهای سر نخ‌نما.

۱۱ـ چون در درون نوشته اندوهی نهفته است، حتی‌المقدور از آوردن واژه‌های اندوه‌زا خودداری شود.

۱۲ـ راوی بارها از خود بپرسد آیا احساس گناه می‌کند که باعث مقابل هم قرارگرفتن لیلی و شوهرش شده است.

۱۳ـ راوی در پایان خوشحال باشد که بنا بر گفتهٔ لیلی به سبک فیلم‌های فارسی قبل‌ازانقلاب، لوطی‌وار به زنی دورازچشم دیگران کمک کرده تا به نویسندگی ادامه بدهد.

۱۴ـ جایی در متن وحید خیاط‌زادهٔ شاعر بگوید، من غنچه‌ای پرپرشده یا دستمالی خونی ندیدم. قلعه‌ای فتح نکردم که تاوان سنگین پس بدهم یا عذاب وجدان بگیرم. من مقابل چشم‌های ماکت‌ها در جاده‌ای باز می‌راندم و... یاد ناپدریِ و قلچماق لیلی بیفتد. و این‌ها را در کافه ملک ری بگوید.

۱۵ـ بحث خطوط موازی عابر پیاده میان دو چراغ راهنما کماکان گنگ بماند و در متن به جایی ختم نشود.

۱۶ـ مهرعلی وقتی برمی‌گردد صفحهٔ اول تا نکات بالا را یکی‌یکی اعمال کند، زنگ در خانه به‌صدا در بیاید. از پنجرهٔ رو به خیابان ساقی مادرش را با انبوهی موی طلایی فرزده با عمو کوچکه‌اش ببیند که با چمدانی پر از سوغاتی از سفر ارمنستان برگشته‌اند. مادر در حال خداحافظی لپ‌های سرخ عمو کوچکه‌اش را ببوسد و قربان‌صدقه‌اش برود. مهرعلی از برق نگاه چشمان پرنور آن دو بترسد. از خود بپرسد: «چه می‌شد اگر در همین سفر هر دو در آغوش هم پرت می‌شدند وسط دره‌ای شبیه حیران؟» شنگول و بشکن‌زنان قلم و کاغذ را پیش می‌کشد. نخست داستان را تقدیم می‌کند به لیلی مجدعلیان و سپس می‌نویسد: «بهترین تمهید برای جدالی جدی بین مادر و فرزند مرگ یکی از طرفین دعواست.»

۱۷ـ پشت جلد نوشته شود... نمی‌توانم وقایع را آن‌گونه که اتفاق افتاده است، تعریف کنم. می‌توانم آن‌ها را آن‌گونه که به یاد دارم بازگو کنم. (آرزوهای بزرگ، چارلز دیکنز)

۱۸ـ جایی گفته شود بین واقعیت زندگی و هنر تفاوت وجود دارد و نمی‌توان تصویر منطقی و معقولی از زندگی و واقعیت که چیز پیچیده‌ای است، فراهم آورد.

۱۹ـ مهرعلـی از شـاگرد لوطی‌مآب سـوپرانقلاب بپرسـد، لیلـی را به کـدام خانـۀ کوچـه ساقی بـردی و او پاسـخ بدهـد، همـان کـه روکار اخرایـی دارد، روبه‌روی در فرعـی پـارک بچه‌هـا.

۲۰ـ چنانچـه در ایـن داستان بی‌جهـت بـه وحیـد خیـاط‌زاده ظلـم شـده، به‌طریقـی کـه خـود او می‌پسـندد جبـران مافـات شـود.

۲۱ـ اسـم داستان بشود «خطابه‌های راه‌راه ـ داستانی ناتمام».

پایان خطابه‌های راه راه

نشر رها منتشر کرده است:

- ریشه‌ها و نشانه‌ها در نمایش میر نوروزی، مرتضی مشتاقی، مارس ۲۰۲۳، ونکوور

- بوی برگ شمعدانی، مجید سجادی تهرانی، مۀ ۲۰۲۳، ونکوور

- خطابه‌های راه‌راه: داستانی ناتمام، محمد محمدعلی، ژوئن ۲۰۲۳، ونکوور

- شام کریسمس؛ خورش قیمه‌بادنجان، نوشا وحیدی، ژوئن ۲۰۲۳، ونکوور

- سنگام و دیگر داستان‌ها، مهرنوش مزارعی، آوریل ۲۰۲۴

- شهر کریستال، مریم رئیس‌دانا، آوریل ۲۰۲۴، ونکوور

برای خریـد نسـخه‌های الکترونیـک و چاپـی کتاب‌هـای نشـر رها به‌صـورت آنلاین از لینـک زیـر اسـتفاده کنیـد یـا از طریق تبلـت یـا تلفـن هوشـمندتان کـد QR زیر را اسکن کنید:

https://bit.ly/RahaaBookstore

Khatābeh'hā-ye Rāhrāh: Dāstānī Nātamām
(The Striped Lectures: An Unfinished Story)

Mohammad Mohammadali
Editor: Sima Ghaffarzadeh
Cover Photo: Sima Ghaffarzadeh

Rahaa Publishing is the book publishing division of Hamyaari Media Inc.
PO Box 31055, St Johns Street, Port Moody, BC V3H 4T4, Canada
+1-604-671-9505
info@rahaa.pub
www.rahaa.pub
First published 2023

Khatābeh'hā-ye Rāhrāh: Dāstānī Nātamām
(The Striped Lectures: An Unfinished Story)
Manufactured in Canada
Print ISBN: 978-1-7777355-4-8
eBook ISBN: 9781-7777355-5-5

Khatābeh'hā-ye Rāhrāh: Dāstānī Nātamām

(The Striped Lectures: An Unfinished Story)

Mohammad Mohammadali

Vancouver, Canada